इला सिंह

इला सिंह का जन्म अक्टूबर 1967 में पश्चिमी उत्तर प्रदेश के ज़िला हापुड़ के गाँव सपनावत में हुआ। बारहवीं तक की शिक्षा गाँव सपनावत में सम्पन्न की। बीए, एमए और बीएड विवाह हो जाने के पश्चात गृहस्थ जीवन की ज़िम्मेदारियों में व्यस्त रहने के बाद भी पढ़ने का शौक बदस्तूर जारी रहा। हाँ, लिखना बस लिखकर छिपा देने तक सीमित था। 2015 में दोनों बेटों के शिक्षा प्राप्त करने के लिए बाहर जाने पर ज़िम्मेदारियां कुछ कम हुईं। सोशल मीडिया से संपर्क हुआ। फ़ेसबुक पर वह समय साहित्यिक सैलाब का था। प्रोत्साहित हो मन के अन्तरतम में दबे पीले पड़ चुके पन्ने भी फड़फड़ाने लगे। छोटी-छोटी कविताएं पोस्ट कीं, जिनका परिणाम उत्साहवर्धक रहा। पहली कहानी 'अम्मा' प्रतिष्ठित पत्रिका 'कथादेश' में छपी। कथादेश के अलावा परीकथा, कथाक्रम, अक्षरपर्व, त्रिवेणी, विभोम स्वर, संस्पर्श, आर्यकल्प, सेतु पिट्सबर्ग से प्रकाशित पत्रिकाओं में भी समय-समय पर कहानियाँ प्रकाशित होती रही हैं। लघुकथा डॉट काम में भी एक लघु कथा प्रकाशित।

Email: ilasingh1967@gmail.com

मुझे पंख दे दो

इला सिंह

प्रथम संस्करण: 2023

ISBN: 979-8-88986-986-3

© इला सिंह
मूल्य: ₹ 110/-

प्रकाशक: प्रतिबिम्ब, नोशन प्रेस का उपक्रम
संपर्क: नोशन प्रेस,
7, मांटिएथ रोड
एग्मोरे, चेन्नई, तमिलनाडु – 600008

Mujhe Pankh de do
Short Stories by Ila Singh

नानी रूपा देवी को
जिन्होंने ख़ुद अशिक्षित होने के बावजूद
हमसे किताबें सुन-सुनकर हममें
साहित्य का बीज बो दिया।

माँ महेशा देवी को
जिन्हें कठिन से कठिन परिस्थिति में भी हमेशा
जीवट से जीते और किताबों के बीच पाया।

सासू माँ (मम्मी) राजेश्वरी देवी को
जिन्होंने हमेशा आगे पढ़ने और बढ़ने को
प्रोत्साहित किया और हमेशा साथ दिया।

जीजी प्रीता देवी को
जिन्होंने संघर्ष में भी हँसकर जीने का,
स्त्री की आज़ादी का असल अर्थ सिखाया।

परिवार और दोस्तों को
जो हौसलाअफ़ज़ाई में हमेशा
आगे रहे।

अनुक्रम

अम्मा 9

काला फ़िराक 17

मास्टरनी का जादू-मंतर 35

मेकिंग चार्ज 47

मुझे पंख दे दो 51

क़दम तो बढ़ाओ 65

ढीठ 69

अम्मा

'आज हमसे खाना नहीं बनेगा भाई!'

भाभी ने रोटी सेकते-सेकते झटके से आटे की परात अपने आगे से सरका दी और झल्लाते हुए लकड़ी के पटरे को पैर से ठेलकर चूल्हे के पास से उठ खड़ी हुईं।

अम्मा धीरे से भाभी के ठेले गए पटरे को आगे खिसकाकर बैठ गईं और हौले से परात आगे करके आटे की लोई तोड़ रोटी बनाने लगीं।

पाँच सेकेंड के इस एकांकी को अम्मा ने दर्शकहीन समझ लिया था। इसी से बड़ी सफ़ाई से अपने पल्लू से आँखें पोंछते-पोंछते उनकी नज़र रसोई की चौखट पार करती मुझ पर पड़ी। वह अनायास खिसियाती-मुस्काती बोल पड़ीं, 'अरी अन्नू, तू तइयार हो गई! जा ज़रा जल्दी से अपने बापू को थाली तो दे आ।'

'ये भाभी को क्या हुआ अम्मा?' थाली उठाते-उठाते पूछ ही लिया।

'का हुआ?' अम्मा सकपका कर प्रतिप्रश्न कर उठीं।

शायद उन्होंने नहीं देखा था। भाभी चौखट पार करते-करते मुझसे झटके से टकराकर तीर-सी निकल गई थीं और मैं समय की साक्षी बनी चौखट पर पहले ही खड़ी थी, जब अम्मा भाभी से कह रही थीं, 'बिटिया, तनि जल्दी-जल्दी हाथ चलाऔ... तुम्हरे बाबूजी बिरकुल तइयार खड़े हैं।' और भाभी झटके से, 'आज हमसे खाना नहीं बनेगा भाई।' कहते हुए चौखट पर मुझे हल्का-सा धकियाते हुए निकल गई थीं।

अम्मा की यह पुरानी आदत थी। अपने को जज़्ब करना उन्हें ख़ूब आता था। भाभी की झल्लाहट पर पर्दा डालते हुए बोलीं, 'आज लकड़ी बड़ी गीली है। उपलऊ ना आए। रोटी सिके तौ कैसै... बताऔ?'

गीली लकड़ियों का धुआँ पूरी रसोई में फैला था। चूल्हे में फूँकनी से फूँक मारते-मारते अम्मा की गले की नसें उभर आई थीं। चेहरा लाल हो उठा था लेकिन आँच थी कि ज़रा-सी भकभकाकर फिर धुआँ बनकर रह जाती। बापू की चार रोटी सिकना मुहाल हो रहा था और अभी खाने वालों की लाइन लगी थी।

अचानक अम्मा झटके से उठीं और 'ज़रा देख तौ' कहते हुए सीढ़ियों से ऊपर चली गईं। मैं रसोई के धुएँ में हतबुद्धि-सी खड़ी थी। तभी ध्यान आया दादी ने कुछ रद्दी काग़ज़ इकट्ठा करके रखे हुए थे डल्ले बनाने के लिए। ये डल्ले बड़े काम के हुआ करते थे। उनमें शादी-ब्याहों में मिठाई, नमकीन, मट्ठियां, बायना आदि भेजा जाता था। रसोई में भी बड़े काम आते। अनाज वग़ैरह रखने के लिए तो काफ़ी बड़े-बड़े डल्ले बनाए जाते थे।

गाँवों में रद्दी काग़ज़ से डल्ले (डलिया) बनाने का काम औरतें ख़ूब किया करती थीं। कई दिनों तक काग़ज़ों को पानी में भिगोकर रखा जाता, फिर आँगन में बनी खरल में उन गीले काग़ज़ों को कूटा जाता। कूटने की प्रक्रिया कई दिन चलती थी। कूटने के दौरान उन काग़ज़ों में मुल्तानी मिट्टी मिलाई जाती थी और कूट-कूटकर लुगदी जैसी बना लेते थे और काफ़ी चिकना कर लिया जाता था। फिर जिस आकार के डल्ले बनाने होते उसी आकार की टोकरी-बर्तन कुछ भी ले लिया जाता और उस पर एक पतला कपड़ा डालकर उसके ऊपर चिकनी की गई काग़ज़ की लुगदी को फैलाया जाता और थपथपा-थपथपाकर उसे वही आकार देने की कोशिश की जाती।

धूप में सुखाकर उन डल्लों को सावधानी से वह आकार देने के लिए लगाई टोकरी से उतारा जाता। ज़्यादा ऊंचाई देने के लिए थोड़ी-थोड़ी परत ऊपर की तरफ लगाई जाती और जब वह परत सूख जाती, तो और ऊँचाई बढ़ाई जाती। मनचाहा आकार होने पर किनारे बनाए जाते और फिर शुरू होता उन डल्लों की सजावट का काम। सफ़ेद रंग से पोतकर विभिन्न रंगों से उन पर कलाकारी होती। दादी शुरू की प्रक्रियाओं में बहुत लगन और मेहनत करतीं लेकिन सजावट का काम शुरू होते ही जैसे उनका धैर्य समाप्त हो जाता और वह नए सिरे से काग़ज़ इकट्ठा करने में लग जातीं। लेकिन दी इस कार्य को बड़े मनोयोग से करती थीं। उन डल्लों के ऊपर सुन्दर-सुन्दर फूल-पत्तियाँ, किनारे, आकृतियाँ उकेरा करतीं और दादी की क्रिएशन को एक मास्टरपीस बना देतीं।

ख़ैर, दादी के उन काग़ज़ों के ढेर का ख़याल आते ही पैरों में बिजली दौड़ गई और बिना यह ख़याल किए कि बाद में दादी मेरा क्या हाल करने वाली हैं, मैंने उन काग़ज़ों की होली जला दी। पर भई वाह! क्या लपालप आग जली और इतने काग़ज़ में बापू के लिए चार काली-काली रोटियाँ मैंने सेक ही दीं।

बापू भी समझ गए रोटियाँ देखकर कि आज फिर वही ईंधन का तमाशा है। सो बिना ना-नुकूर खा लिए। तभी देखा, अम्मा सीढ़ियों से चारपाई की एक पाटी उठाए चली आ रहीं हैं। मैं अंदर तक काँप गई। आगत युद्ध की कल्पना ही भयानक थी। आज फिर एक महाभारत होगा और युद्ध भी ऐसा, जिसका एक योद्धा तो ज़बानी तीरंदाज़ी में माहिर है। जो बिना थके, अनवरत वाकबाण छोड़ेगा और दूसरे छोर पर खड़ा योद्धा ज़बरदस्त चुप्पा, सहनशीलता का अवतार। अपनी चुप्पी से अपने सीनियर योद्धा का मनोबल गिराएगा।

लगातार शब्दों के बाण छूटेंगे और अगले की चुप्पी से टकरा-टकरा कर गिरेंगे। थककर योद्धा गालियों का सहारा लेगा लेकिन अफ़सोस, दूसरे छोर का योद्धा तो बना ही कुछ ख़ास मिट्टी का है। असर न होता देख योद्धा अपना ब्रह्मास्त्र छोड़ ही देगा, झुँझला कर मायके की परिधि में प्रवेश कर जाएगा और वहाँ की लाटसाहबी के चिथड़े ऐसे उधेड़े जाएंगे कि दूसरे छोर के योद्धा का मनोबल गिर ही जाएगा। लेकिन ग़ज़ब, इतने सबके बाद भी जवाबी कार्यवाही में ज़बानी बाण नहीं चला पाएगा। बस, अपनी निरीह जनता को कूट डालेगा और जनता भी कौन, हम दो बहनें। भाई उस क्षेत्र से बाहर थे। कई बार ऐसा भी होता कि हम बहनें वहाँ अम्मा के गुस्सा निकलने का ज़रिया बनकर उपलब्ध नहीं होती थीं और दादी के भयंकर ज़हर बुझे बाणों से घायल अम्मा कमरे में अंदर जाकर दीवार में अपना सिर मार देतीं और अपने को लहूलुहान कर लेतीं।

अम्मा ने पाटी चूल्हे में लगा दी थी। कुछ तो काग़ज़ों की आँच से गीली लकड़ियाँ भी गर्म हो चुकी थीं। सो, पाटी लकड़ियों और काग़ज़ों की संगत से मज़े से लाल-पीली हो उठी।

थी तो पाटी पुरानी चारपाई की ही और छत की कबाड़े वाली कोठरी में पड़ी थी कि कभी दिन बहुरेंगे उसके। हमारी दादी भी ऐसी न जाने कितनी पुरानी, बेकार पड़ी चीज़ों को आसक्ति की सीमा तक चाहती थीं। पुरानी चीज़ों से उनका लगाव कभी-कभी आश्चर्य से भर देता था। हर पुरानी चीज़ उनके लिए अनमोल थी।

अपने पुराने वैभव, समृद्धि, ज़मींदारी की शान को वह उन चीज़ों के माध्यम से ही याद करती थीं।

कितना कुछ था वहाँ... पीतल के नक्काशीदार बर्तन, पानदान, हुक्के जिनकी पॉलिश ख़त्म हुए ज़माना हो चुका और जिनका पीलापन अजीब काले-हरे रंग में बदल चुका था। अनगिनत टूटे-फूटे, ज़ंग लगे कनस्तर, बक्से, लकड़ी के बड़े-बड़े संदूक, कुछ टूटे, कुछ साबुत नक्काशी वाले पलंग, टूटी चारपाइयों के पाए-पाटी, उनके उधड़े निबार, अनगिनत टूटा-फूटा लोहे का सामान, बड़े-बड़े पंखे, जिन्हें दादी बताती हैं कि झलने के लिए ही दो आदमी लगते थे। लाल कपड़ों में बँधे अनेकों दस्तावेज़, जिनमें ग़रीबों के द्वारा लिए कर्ज़े, ज़मीन गिरवी के काग़ज़, जिनकी आज कोई क़ीमत नहीं थी लेकिन दादाजी के ज़माने में न जाने कितनी ज़िंदगियाँ इनमें क़ैद थीं। और भी इसी तरह का न जाने कितना कुछ अनमोल, जो हम न जाने कब की जा चुकी ज़मींदारी के गुरूर में रह रहे काहिलों के लिए कबाड़ था। और दादी के लिए पुरखों की धरोहर, जिसकी वह जी-जान से सुरक्षा करती थीं। उस विशाल कोष के हालात अब ये थे कि घर के हर टूटे-फूटे, पुराने, ख़राब हो चुके सामान को वहाँ फेंक दिया जाता था। उनके साथ जो वहाँ अमूल्य निधियाँ पड़ी थीं, उनका भी कोई मोल न रहा था। एक दादी थीं, जो उस सब की इतनी शिद्दत से देखभाल करतीं कि मजाल वहाँ कोई घुस तो जाए। हाँ, धूल-धक्कड़, मकड़ियों के जालों, कीड़े-मकोड़े, चूहे, कॉकरोचों का वहाँ पूरा राज था।

ख़ैर, दादी जब तक मंदिर से लौटतीं, भाभी वापस अपने स्थान पर अच्छी आँच जलती देखकर आ चुकी थीं। पाटी भी जलकर अपना रूप थोड़ा खो चुकी थी। कुछ होशियारी भाभी ने भी दिखाई। पाटी को गीली लकड़ियों के नीचे अच्छी तरह से ढाँप दिया, जिससे दादी की नज़र न पड़े। भाभी अपना कार्य पूरी मुस्तैदी से करती थीं। बस, कार्यक्षेत्र की सुविधा-व्यवस्था उनके अनुरूप होनी चाहिए। वहीं अम्मा थोड़ा ढीला रुख अपनाती थीं। काम तो करना ही है। तो वह इसी तरह का कोई फ़ौरी सॉल्यूशन निकाल लेती थीं और इस फ़ौरी सॉल्यूशन की गाज कभी-कभी दादी के उस विराट कोष पर भी जा पड़ती।

रोज़मर्रा की समस्याएँ अनन्त थीं। कभी सब्जी को पैसे नहीं, तो कभी रात में ढिबरी-लालटेन जलाने के लिए मिट्टी का तेल नहीं, कभी मिर्च-मसाला ख़त्म,

तो कभी चाय-चीनी। मेहमान आँगन में बैठे हैं और पता चलता घर में एक धेला नहीं कि बनिए के यहाँ से कुछ नाश्ते का इंतज़ाम हो सके। भाभी अपने घर की इकलौती थीं और नया-नया खाता-पीता परिवार था उनका। सो, ऐसी विकट परिस्थितयों से उनका कभी पाला नहीं पड़ा था। जब नई-नई आई थीं, तो आश्चर्य से भर उठती थीं और हल्के स्वर में बुदबुदा उठती थीं... नाम बड़े और दर्शन छोटे।

ऐसा नहीं था कि अम्मा छोटे घर की थीं या उन्हें यह सब सहने की आदत थी। मगर उन्हें बनाते वक़्त भगवान उनमें शिकायत डिपार्टमेंट डालना भूल गए थे शायद। कभी परिस्थितयों से घबराकर उन्हें रोते-धोते नहीं देखा था। हमेशा समस्याओं का हल लिए खड़ी होतीं। इतने ख़राब हालातों में भी वह दिल की हमेशा अमीर रहीं। एक स्त्री के लिए उसका ज़ेवर-कपड़ा सबसे ज़्यादा बहुमूल्य होता है लेकिन अम्मा को अपने मायके से मिली बहुमूल्य साड़ियों को बड़ी सरलता से बुआ को देते देखा था। जब कभी बापू आर्थिक संकट (जो वहाँ रोज़मर्रा की बात थी) में होते, तो अम्मा सहज भाव से अपने ज़ेवर गिरवी रखने या बेचने के लिए दे देतीं। बापू हमेशा अम्मा से हालात सुधरते ही उनका सब कुछ मय ब्याज़-सूद के लौटाने की बात करते थे और यह जानते हुए भी कि वह दिन भविष्य में दूर-दूर तक नज़र नहीं आता, अम्मा मुस्कुराकर उनका हौंसला बढ़ा देती। और बापू अम्मा की इन्हीं अदाओं पर मिटे रहते। दादी के लिए सबसे बड़ा कारण यही था अम्मा से दुश्मनी का।

ससुराल-मैके का मिला सैकड़ों तोले सोना अम्मा ऐसे ही गवां चुकी थीं। यहाँ तक कि भाभी को विवाह में चढ़ाने के लिए अम्मा को अपनी बहन से ज़ेवर उधार लेने पड़े। बाद में वह ज़ेवर भाभी से लेकर लौटा दिया गया, तो भाभी के मन में मलाल रहना स्वाभाविक था।

अम्मा का ऐसा स्वभाव देखकर भाभी भी अपने को नियंत्रित करने की काफ़ी कोशिश करतीं और हालातों से समझौता करना चाहतीं। हालांकि उन्हें अच्छे से तैयार होना ख़ूब भाता था। अच्छी साड़ियाँ, साज-श्रृंगार मगर यहाँ तो हमेशा रोज़ की ज़रूरतों का ही रोना था। अपने सारे शौक वह मायके से ही पूरा कर पाती थीं लेकिन जब देखतीं दाल-रोटी बनाना-खाना तक मुहाल है, तो झल्ला जातीं और मैदान छोड़कर भाग लेतीं। मगर अम्मा डटकर मुक़ाबला करतीं। ज़्यादातर

कवायद मेरी ही होती- जा, भूरा बनिए से अब ये ले आ, अब वो ले आ। अब ये ख़त्म, अब वो ख़त्म। और ज़ाहिर था सब उधार ही आना होता था। भूरा बनिया भी बेचारा कब तक आपकी पुरानी शाहगीरी की शर्म करे। उधार चुकता होने में वर्षों का सिलसिला था। सो, वह मुझसे तुनककर ही बात करता था। मैं भी स्वाभिमान की मारी, आँख में आँसू लाकर अम्मा को पकड़ा देती।

अम्मा के पास तब दो ही उपाय होते और दोनों ही ख़तरनाक। अगर घर में अनाज उपलब्ध होता, तो अम्मा एक बोरी अनाज की तैयार करतीं और मुझे हवेली के पीछे वाली गली में जाकर खड़े होने की हिदायत देतीं। और वहाँ होता था ज़बरदस्त रोमांच, सस्पेंस, भय का माहौल। गली में हवेली के बारजे के नीचे मैं चोरों की तरह इधर-उधर ताकती खड़ी अम्मा का इंतज़ार करती। अम्मा की देरी मेरी साँस अटकाए रखती। कोई छोटा कुत्ता भी उस सुनसान गली से उस वक़्त निकल जाता, तो चौंककर मेरी चीख़ निकलने को हो जाती। लगता बापू या दादी अभी सामने आकर खड़े हो जाएंगे लेकिन हिम्मती अम्मा ऊपर बारजे से अनाज की बोरी नीचे गली में टपका देतीं और मैं काँपती-सहमती पसीने से तर-ब-तर बोरी को पीठ पर लाद लेती। उस वक़्त मेरी सबसे बड़ी प्रार्थना ईश्वर से यही होती कि सूरज कहीं जाकर छिप जाए और उस वक़्त गाँव के किसी आदमी का काम गली से न पड़े।

भूरा बनिए की दुकान गली के दूसरे छोर पर थी और वह रास्ता उस वक़्त जैसे सदियों लम्बा हो जाता। और ग़ज़ब तो तब होता, जब उसकी दुकान बंद होती। उस बोरी को उठाए-उठाए भूरा बनिए की दुकान से श्रीराम बनिए की दुकान तक जाना एक काल से दूसरे काल में जाना होता। ख़ैर, पता नहीं कैसे मिशन सदैव ही सक्सेसफुल रहता था। याद नहीं पड़ता कभी पकड़ी गई। या शायद बापू जानकर भी अनजान बने रहते थे। वरना एक बार ऐसे ही ख़तरनाक मिशन पर मैंने गली के उस छोर से बापू को आते देखा था लेकिन पलक झपकते ही बापू ग़ायब थे। उन कुछ पलों में ही मेरा शरीर पसीने से तर-ब-तर हो गया था। हालाँकि अम्मा बहुत ध्यान रखती थीं यह सब सरंजाम देते हुए। जब बापू या तो गाँव से बाहर होते या घर के अंदर अपनी किताबों में लगे होते।

घर के अंदर होने के बाबजूद इतनी बड़ी हवेली में कहाँ, क्या हो रहा है, पता लगना मुश्किल था। असली ख़तरा दादी से ही होता था। वह कब, कहाँ अवतरित

हो जाएँ भगवान भी नहीं जान सकता था। वैसे तो दादी की व्यस्तता का अन्त न था, कभी डल्ले बन रहे हैं, कभी अनाजों का कूटना-पीसना चल रहा है, तो कभी अचार-बड़ी और कुछ नहीं तो बाबा ने अपनी ज़मींदारी के ज़माने में सुरक्षा दृष्टि से गडरियों-नाइयों को बसाने के लिए हवेली के बग़ल में जो ज़मीनें दे दी थीं, उन दी गई ज़मीनों पर ही जाकर अपनी धौंस-पट्टी दिखाना। बाबा जब तक थे, तब तक तो वे लोग शाहजी, हुज़ूर, सरकार कहते नहीं थकते थे। बाबा के जाने के बाद भी वर्षों उन्होंने ज़मींदारी की इज़्ज़त रखी लेकिन अब वे भी थक चुके थे। ख़ुद उन लोगों के यहाँ हर चीज़ के लाले पड़े थे, आपको कहाँ तक उपला, लकड़ी देते रहें। दादी की उगाही पर वे कसमसाने लगे थे।

कभी-कभी दादी हमें भी भेजती थीं इस महान कार्य के लिए। और जो वश दादी पर नहीं चलता था, वो हम पर चलाते थे वे लोग। और कुछ इस तरह के व्यंग्य बाण छोड़ते थे, जिसे समझने के लिए बड़ी अकल लगानी पड़ती थी। दी उन बातों पर ध्यान नहीं देती थीं या लड़ाई कर लेती थीं, पर मैं उस आहत स्वाभिमान का बोझ हमेशा सिर पर लेकर चलती रहती। भाई तो इस महती कार्य के लिए कभी तैयार नहीं होते थे, गाज दी और मुझ पर ही गिरती थी। भाइयों के लिए दादी भी बहुत उदार रहीं बल्कि अम्मा से ज़्यादा रहीं।

ज़्यादातर अम्मा बोरी सप्लाई का वही समय चुनतीं, जब दादी भी घर में ही अपने किसी पसंदीदा काम में व्यस्त होतीं। पसंदीदा इसलिए कि दादी पसंदीदा काम को पूरी शिद्दत से करती थीं और ध्यान इधर-उधर नहीं भटकता था। वरना तो दादी की छटी इंद्री हमेशा सजग रहती। उनकी नज़रों से बचकर कोई पत्ता इधर से उधर नहीं हिल सकता था, ऐसा उनका भरोसा था और था भी सच।

कभी-कभी हम दादी से छिपकर अपनी कुछ ऊल-जुलूल ख़्वाहिशें पूरी किया करते थे। कभी बहन-बुआ से मिले पैसों को इक्ट्ठा कर कोई कपड़ा छिपाकर ले आते और जब दादी मंदिर गई हों, तब छत पर सिलाई मशीन से ख़ूब हिफ़ाज़त से सिलते और सिलने के बाद एक-एक कतरन बटोर-समेटकर हटा देते लेकिन न जाने दादी के पास कौन जादू की आँख थी कि कपड़े की बारीक से बारीक कोई कतरन, धागा उन्हें मिल ही जाता या कभी कुछ चटोरपन का सरंजाम हम भाई-बहन दादी से छिपाकर करते और बस दादी का तीसरा नेत्र खुल जाता।

अम्मा बोरी सप्लाई के लिए गर्मी की टीक दुपहरी चुनतीं, जब दादी मजबूर होकर दुबारी में दोपहर की झपकी ले रही होतीं और उन्हें भरोसा होता कि चिड़िया भी उनकी नज़रों से बचकर हवेली के अंदर-बाहर नहीं जा सकती क्योंकि दुबारी में उनकी चारपाई कुछ ऐसी पोज़िशन में होती कि उनकी चारपाई हिलाए बिना आप वहाँ से निकल नहीं सकते। लेकिन उन्हें क्या मालूम था कि उनकी नाक के नीचे ऐसी कारगुज़ारियाँ भी हो जाएंगी। हवेली के पीछे वाले बारजे और उस गली का ऐसा अभिनव उपयोग भी किया जा सकता है, यह दादी की ठेठ बुद्धि से बहुत दूर की चीज़ थी शायद।

दूसरे उपाय की नौबत तभी आती थी, जब अनाज की टंकिया खाली हो चुकती थीं और नया अनाज आने में समय होता था। और हम लोगों के रोज़ खाने के लिए दो किलो आटे के इंतज़ाम के लिए भी कोई उपाय नहीं रह जाता था। कितने दिन ऐसे होते थे जब केवल आलू उबाल कर खाया जाता था लेकिन हम लोग इतने मस्त थे कि उबला आलू बनना भी हमारे लिए पर्व बन जाता। भले ही थोड़े से तेल में बनता लेकिन ढेर हरी-लाल मिर्च डाल, ख़ूब भूनकर भाभी उन्हें इतना स्वादिष्ट बना देतीं कि उसके आगे सारे पकवान फीके थे।

अम्मा भी उस कबाड़ की क़ीमत तो समझती थीं मगर जब दूर-दूर तक कोई उपाय नज़र नहीं आता था और समस्या तुरन्त अपना हल चाहने वाली हो, तो उन्हें क़दम बढ़ाना ही पड़ता था। बनिया कभी-कभी उधार के लिए साफ़ ही मना कर देता था और उसे देने के लिए अनाज की बोरी भी न होती, तो अम्मा मजबूर होकर लेकिन बिना झुंझलाए उस कबाड़-कोठरी की तरफ बढ़ जातीं और थोड़ी-सी सब्जी, थोड़े से आटा-दाल या कुछ भी थोड़े से के लिए उस शाही दौलत से कुछ खींच लातीं और बिना यह सोचे कि बाद में दादी उनका क्या हाल करेंगी, एक गहरी साँस के साथ मुझे आदेश दे देतीं, 'जा तोअन्नू! ज़रा उस कल्लू कबाड़ी को बुलाकर तो ला।'

काला फ़िराक

हवेली के सामने चबूतरे पर घुटनों में सिर दबाए, ज़मीन पर पड़े एक छोटे-से कूड़े जैसे ढेर से न जाने क्या बीन रही है। आत्मलीन, तपस्विनी-सी ज़मीन में सिर दिए, बस हाथ हौले-हौले कुछ बीन रहे थे। सुबह-सुबह तो ज़मींदार की गाड़ियों में अनाज बोरियों में भरकर शहर की मंडी गया है।

अप्रैल में ही धूप तीखी हो सीधी ऊपर ही बरस रही है, शायद उसी से बचने के लिए मुण्डी नीचे धँसाए है। दोपहर अपनी जवानी की तरंग में है, ज़बरदस्त रूप की किरणें चारों ओर फेंक लोगों में बेचैनी, चिनचिनाहट, पसीना पैदा कर रही है। बेचैनी में उसका भी हाथ कभी पीठ, कभी गर्दन और कभी बालों का घोंसला बने सिर में पहुँच जाता है और ज़ोर-ज़ोर से खुजलाकर फिर अपने कार्य में लीन हो जाती है। एक छोटे-से काले कपड़े का टुकड़ा, फ़र्श पर बिछा अपना बीना अनाज उस पर इकट्ठा करने लगी है। काले कपड़े पर चमकीले पीले, सोने जैसे सुनहरे दाने बिखरे हैं, जिन्हें देख उसे याद आ गया डॉक्टर कोहली की बेटी का वो काला फ़िराक, जिस पर नन्हे-नन्हे पीले फूल बने थे और गले बाहों पर कितनी सुंदर पीली झालर। उसके हाथ तेज़ी से चलने लगे हैं।

मुश्किल से छह-सात साल उम्र, बग़ल से उधड़ा, मैला और पुराना होने के कारण अपना गुलाबी रंग खो चुका भदमैला-सा फ्रॉक पहने, पैरों पर धूल की परत पाउडर जैसी पुती है। घुटनों तक फ्रॉक से नीचे टांगों पर पसीने की लकीरें खिंचने लगी है। घुटनों, बग़लों के नीचे पसीने का ढेर इकट्ठा हो गया है। अभी सब खेल रहे होते, तो सब मिलकर पसीने से भरी बग़ल-घुटने बजाकर बाजा बजा रहे होते, सोच उसके चेहरे पर मुस्कराहट आ गई।

मगर अभी सब स्कूल गए हैं और वह अकेली बैठी यहाँ अनाज के दाने बीन रही है। किसी ने ध्यान ही कहाँ दिया उसको सुबह स्कूल भेजने पर। दादी को पूजा और गालियों से फुर्सत नहीं, बापू को अनाज की गाड़ियों के साथ मंडी जाना था

और माँ के अस्पताल में होने की वजह से दिदिया को चौका-रसोई में लगना पड़ रहा था।

माँ का ध्यान आते ही हाथ और तेज़ी से चलने लगे हैं। माँ के साथ कुछ और भी गुल गुँथना, रुई का गोला-सा, जिस पर जगह-जगह लाल-गुलाबी रंग लगा हो; याद हो आया और कलेजे में एक हूक-सी उठी। बापू पर गुस्सा आ गया। बापू बहुत बुरे हो गए हैं आजकल, कितना तो प्यार करते थे अब तक, पर अब देखो! रात अपनी पसंद का फ़िराक पहनने पर ही थप्पड़ जड़ दिया। कभी मारा था आज तक? कित्ती तो बात मानते थे उसकी। उसे बस यह सड़ा फ़िराक नहीं पहनना था, फ़िराक पर ही थप्पड़ मार दिया। एक ही तो मारा था, कहीं मन ने बापू का साथ देना चाहा। मगर 'मारा तो था ना' मन ने उलाहना दिया।

चेहरा उठा मुँह पर बहते पसीने को गंदे हाथ से रगड़कर पोंछा, तो चेहरा धूल-पसीने में और लिथड़ गया। फ़िराक की बात पर फिर वह काला फ़िराक कौंध गया दिमाग़ में आसमान में बिजली-सा। माँ की भी तेज़ी से याद आने लगी और उस रुई के फ़ाहे की भी।

वह उस पर ध्यान नहीं लगाना चाहती मगर ध्यान है कि भटककर वहीं पहुँच जाता है बार-बार। गुस्सा भी आ रहा है। उसी की वजह से ही बापू ने डाँटा ना उसे। पहले कभी डांटते थे भला! उसने क्या जानबूझकर फ़िराक भिगोया था, पता नहीं नींद में कैसे भीग गया, सोचकर ही पसीने-धूल से सने चेहरे पर एक शर्म, दुख और आँखों में एक नमी आकर लौट गई।

रात में पता नहीं कब रोते-रोते सोई थी। तो... वह तो बस बापू से माँ के पास जाने को ही तो कह रही थी। जब से वह गयी है, बस एक दिन ले गए हैं उसे माँ के पास। जबसे वह रुई का सा सफ़ेद, थोड़ा लाल, थोड़ा गुलाबी फ़ोआ जैसा देखा है, उसका यहाँ बिल्कुल मन नहीं लग रहा। वह उस दिन अस्पताल में भी अड़ गई थी, 'नहीं माँ के पास रहना है... माँ के पास रहना है।'

मगर बापू उसे फुसला दिए और हाँ... देखो उस दिन बापू ने वैसा फ़िराक भी दिलवाने को कहा था। डाक्टर की लड़की जैसा काला, पीले फूलों वाला और गले-बाँहों पर कित्ती सुंदर पीली झालर।

बापू की डाक्टरजी से कित्ती दोस्ती है। माँ से मिलकर बग़ल में उनके घर भी ले गए और डाक्टर की लड़की... कित्ता इतराई घूम रही थी। डाक्टरजी ने कहा भी, 'परी, अहिल्या को अपने साथ ले जाओ। खेलो साथ में।'

पर वह कैसा अनसुना कर अपनी सहेली के साथ मटक कर चली गई। जबकि उस दिन तो उसने भी अपना नया फ़िराक पहना था। पर परी ने तो उसको देखा भी नहीं। उसका नाम भी तो कितना अच्छा है... परी... परी जैसी तो लग रही थी वह काले फ़िराक में। और उसका ख़ुद का नाम... हुंह... कोई लेता भी नहीं, सब लाली-लाली कहते रहते हैं। बस डाक्टरजी हमेशा उसको नाम से बुलाते हैं। उनके मुँह से उसका नाम भी कित्ता अच्छा-अच्छा लगता है।

उसी काले फ़िराक के झाँसे में तो वह आ गई और चली आई बापू के साथ, वर्ना माँ और उस रुई के गोले को छोड़ कभी गाँव आती?

रात भीगे फ़िराक को उतार बापू ने यह सड़ा-सा फ़िराक फिर पहना दिया, बताओ? अब उसको रात में वह काला फ़िराक फिर याद आ गया, तो वह क्या करे?

और दादी... उनकी तो बात ही मत करो। कैसे गाली दे रही थीं, 'खुदऊ करिया... फ़िरौकऊ करिया... वाह रे लरकी।'

अब वह काली है तो... काला फ़िराक नहीं पहनेगी क्या? डाक्टर की लड़की क्या ज़्यादा गोरी थी। हुंह... ज़रूर पाउडर थोपी होगी। वह भी काला फ़िराक पहनेगी, तो लगा लेगी पाउडर, धरा तो रहता है दिदिया के आले में। दीदी तो ख़ूब गोरी, दूध जैसी है, फिर जाने काहे लगाती हैं। माँ कित्ता गुस्सा होती है इस बात पर।

माँ का ध्यान आते ही हाथ फिर तेज़ी से चलने लगे कूड़े के ढेर से गेहूं निकालने के लिए। धूप भी तो मरी कैसी फैली है चारों तरफ़, बिजली की चमकार जैसी। जैसे चारों तरफ़ एक साथ इत्ते हंडे जल रहे हों। बड़े दद्दा कित्ता हँसते हैं हंडा बोलने पर, 'लाली! हंडा नहीं, पैट्रोमैकस (पेट्रोमैक्स) बोलो।' पता नहीं कैसे मुँह बना-बनाकर बोलते हैं दद्दा, उसका तो हँसते-हँसते पेट पिराने लगता है।

आँखें चौंधिया रही धूप से। आँखों के ऊपर हाथ धर वह जला राम की दुकान पर खड़ी है, अपनी छोटी-सी काली पोटली लेकर। माथे के ऊपर हाथ रख। आँखें

क्या, चेहरा भी छुप गया है। ऐसा सोच रही है, यह जलाराम मरा है तो दुष्ट...अभी बता देगा दादी को।

मगर जलाराम ने उसकी तरफ़ न देख, पोटली उसके हाथ से ले अनाज के टीन में बिना तौले ही पलट दी और उसकी खुली हथेली पर चवन्नी रख दी है। इस बात पर ध्यान तो गया कि जलाराम ने नाज तौला ही नहीं। पर बहस-लड़ाई का समय नहीं था। चवन्नी मुट्ठी में दबाए वह जल्दी से जलाराम के सामने से हट गई कि कहीं चवन्नी वापस न ले ले उसके हाथ से।

किंकर्तव्यविमूढ़ हो हवेली की तरफ़ देखा। सन्नाटा पसरा था। चारों तरफ़ दोपहरी की भांय-भांय हो रही थी। धूल में भूत लौट रहे थे चारों ओर जैसे। दिदिया तो रोटी बनाकर सो गई होगी या कमरे में अंधेरा करके रेडियो सुनती पड़ी होगी औंधी होके... मज़ा उसे भी बहुत आता है ऐसी दुपहरिया में, जब दीदी कमरा को पानी छिड़क ठंडा कर लेती है और चारों तरफ़ से खिड़की-दरवाज़ा बंद कर अंधेरा कर लेट जाती है ज़मीन पर चटाई डालकर। रेडियो चलता रहता है और उसके साथ गाते-गाते कभी-कभी सो भी जाती है। वह भी दिदिया की बग़ल में लेट उसी की तर्ज पर पेट के बल लेट, टाँगे हिलाती, गुनगुनाती है। पर जल्दी ही उसका ध्यान गाने से हट, बंद खिड़की पर चला जाता है। खिड़की का पल्ला नीचे की तरफ़ से थोड़ा टूट गया है। उसमें से रोशनी की एक छोटी गली खिड़की की दीवार पर सरक आती है। खिड़की से बाहर एक गली गुज़रती है जिससे आने-जाने वालों की परछाईं, टूटे दरवाज़े से अंदर बनी रोशनी की गली पर पड़ती रहती है। उन आती-जाती परछाइयों को खिड़की की अंदर की दीवार पर देखना उसे बड़ा अच्छा लगता है।

मगर आज नहीं। अच्छा है दिदिया सो गई हो। आज दादी भी पास के गाँव रामायण पाठ में गई हैं। बापू भी नाज़ की बुग्गियों संग शहर चले गए।

चवन्नी मुट्ठी में दबी पसीने में भीग चुकी है। उसे कसकर दबाए वह बस स्टैंड की तरफ़ जाने वाली गली में बढ़ गई। बस स्टैंड पर भी पीली ख़ामोश धूप फैली थी। ज़्यादा लोग नज़र नहीं आ रहे थे। टूटी-फूटी सड़क के दोनों तरफ़ दो-चार दुकानें थीं। एक चाय की टपरी, बग़ल में नन्हे नाई की दुकान। नन्हे की दुकान की तरफ़ डरते-डरते देखा। नन्हे की माँ रामदेई ताई घर में चौका-बर्तन करती हैं। नन्हे उसी कुर्सी, जिस पर वह लोगों की हजामत बनाता था और

जिसकी एक टाँग टूटी थी, के नीचे ईंटा लगा लेटा था, मुँह से लेकर टांगों तक लाल अंगोछा फैलाए, जिस पर ढेर की ढेर मक्खियाँ तरबूज़े में दिखते काले बीजों-सी बैठी थीं। मक्खियां भी दुपहरी की नींद ले रही थीं शायद, कोई हलचल, भिनभिनाहट नहीं।

नन्हे के पैर ऊपर बोर्ड पर टिके थे, जहाँ एक किनारे से टूटा, गंदा, धब्बों से भरा शीशा लगा था और दो-चार पानी, पाउडर, क्रीम न जाने किस-किस की शीशियां-बोतलें रखी थीं। उसे शीशे में दूर से ही दिखाई दे गया नन्हे की दुकान का अंदर का दृश्य। दुकान ख़ाली, कोई ग्राहक नहीं, केवल नन्हे टूटी कुर्सी पर फटे तरबूज़-सा पड़ा था।

सामने ही साइकिल के टायर-पंक्चर वाले रोशन की दुकान थी। वह भी सिर पर बड़ा-सा तौलिया डाले, नीचे सिर झुकाए पंचर लगाने में लगा था। चारों तरफ़ ख़ामोश सन्नाटा फैला था। उसने भी नन्हे और रोशन की तर्ज पर वह काला कपड़ा अपने सिर पर डाल लिया था। पैरों की तरफ़ देखकर अपनी मूर्खता पर गुस्सा भी आया। घर से चप्पल तो ले लेनी थी मगर दिदिया का डर।

चप्पल पहनने से भी बड़ी उकताहट होती है! न तेज़ भाग पाओ, न पेड़ पर चढ़ पाओ, पैरों में ज़ंजीर-सी बंधी रहती है। मगर अभी जलते तलवों से उनकी ज़रूरत समझ आ रही थी। कभी एड़ी, कभी पंजों पर रुख़ बदलती निगाहें सड़क पर लगी थीं। बेचैनी बढ़ती जा रही थी... बस जल्दी क्यों नहीं आ रही है। तभी विपरीत दिशा से बस आती दिखाई दी, दिल उछल-उछलकर उसकी साँस फुला गया। इतना तो अच्छी तरह पता था इस बस में तो नहीं बैठना है। यह तो उसी तरफ से आ रही, जिधर उसे जाना है। डर यही था इस बस के पहले आने से, कहीं इसी बस से बापू न उतर पड़ें।

बापू और दिदिया के साथ कितनी बार तो गई है वह शहर के बाज़ार और डाक्टरजी के यहाँ भी कितनी बार गई है, जहाँ माँ उस गुलगुँथने छोटे-से भैया के साथ पड़ी है। कितना प्यारा है उफ़्फ़...।

एक बार खूब खाँसी हुई थी, एक बार मोटे-मोटे छाले निकले थे। और एक बार तो कित्ता बुखार आया था। वह सांस भी नहीं ले पा रही थी, तब तो रात में ही बापू बुग्गी में उसे लिटाकर ले गए थे। माँ को कैसे डाँटते जा रहे, 'विद्या, दूध से

मुँह लगाओ लाली का। तुम्हारी छाती से लग इसका ताप कम होगा।' और माँ (हीहीही) कैसी खौरिया रही थी, 'अरे, अब दूध... इत्ती बड़ी लरकी को... पता नहीं का बात करते हैं आपऊ।' पर बापू की ज़िद पर माँ ने दूदुदू पिलाया था उसे। आह, कैसा मज़ा आया था। बुखार से होंठ जल रहे थे, पर उसे खूब याद है माँ की छाती से लग कैसी ठंडक पड़ रही थी। उससे छोटे भाई को तो माँ खूब दूदुदू पिलाती थी।

उसको रास्ता तो याद है ना अच्छी तरह से? हाँ याद तो है। धुकधुकाते कलेजे से सोचा। बस, जहाँ बस से उतरते हैं, सीधे चलते जाओ और लो आ गया वह पीले गेट वाला घर, जिस पर बड़ा-सा काला तख़्ता लटका है और जहाँ लिखा है डाक्टर आकाश कोहली। यह तो बापू ने पढ़वाया था उसे, जब उसने बापू से पूछा था कि इन्ने घर पे तख़्ती क्यों टाँगी है? बापू ने हँसते हुए बताया था, 'बेटा, डाक्टर लोग लगाते हैं अपने नाम का ऐसा बोर्ड, नहीं तो मरीज़ों को कैसे पता चलेगा।'

जहाँ माँ अस्पताल में पड़ी है उसी दिशा से आती बस आकर रुकी बस स्टैंड पर। वह थोड़ा चाय की टपरी की आड़ में हो गई। चाय की टपरी बंद पड़ी थी। कहीं चला गया दुकान वाला। इतनी गर्मी में कौन चाय पिएगा? यह चायवाला बसेसर भी तो खेत में काम करता है। आजकल यह भी अपने गेहूं उठाने में लगा होगा। चलो, अच्छा है नहीं है, नहीं तो यह बसेसर तो उसे पकड़ ही लेता और घर पर छोड़कर ही दम लेता, 'अरे लाली, तू इहाँ दुपहरी में का कर रही है? लेओ ताई लौंडिया टीक दुफ़ैरिया में कहाँ डोल रही है। लू लगेगी कै ना... बताओ?'

बस से दो-तीन ही लोग उतरे और सब सिर पर तौलिया, चद्दर, अंगोछा ढके निकल गए। पीछे से एक आदमी तो बिलकुल बापू ही लगे। सिर पर वही सफ़ेद अंगोछा, सफ़ेद कमीज़, टखने से थोड़ा ऊपर सफ़ेद पजामा, जिससे प्लास्टिक की थोड़ी पीली-भूरी सी जूती चमक रही थी। वह साँस रोके खड़ी रही। बापू पीछे न पलट जाए, दूसरी तरफ़ से बस न आ जाए।

थोड़ी देर बाद बस अड्डे पर जो एक हलचल पैदा हुई थी, बस निकलने पर उसके पीछे उड़ती धूल के बैठते ही वह हलचल भी बैठती चली गई। फिर चारों तरफ़ पीली धूप ही धूप पसर गई।

थोड़ी देर बाद दो-तीन लड़के नाई नन्हे की दुकान के सामने आकर खड़े हो गए। मुँह पर सब अंगोछे, रूमाल बाँधे थे। उन्हीं की बग़ल में बुर्का पहने एक औरत आ खड़ी हुई, जिसने चेहरे पर नक़ाब डाला हुआ था। सारे शरीर में पसीना चुनचुना रहा था और तभी ध्यान गया, राम रे... हाथ-पैर कितने गंदे हो रहे हैं। फ़िराक भी जगह-जगह मिट्टी-धूल लगने से गुलाबी से भदमैला हो चुका था। माँ बहुत गुस्सा होगी... क्या लौट जाए घर? मगर अब बाबू तो घर आ गए होंगे। घर पर गई, तो इस बार बापू मारेंगे ही। माँ की और ज़ोर से याद आई। नहीं, अब माँ के पास ही जाना है। हाथ-पैरों पर बहते पसीने को ही रगड़-रगड़ कर फैला लिया, लगा हाँ, कुछ तो साफ़ हो गए न।

अचानक बस के हॉर्न की आवाज़ सुन कलेजा हलक में आ अटका। थोड़ी देर में मोड़ से बस का आगे का हिस्सा ओट से निकलता दिखाई दिया... लगा जैसे ओट से माँ हँसती हुई नमूदार हो गई हो। मगर वह टपरी से निकली नहीं, वहीं खड़ी देखती रही आती बस को। दिल धाड़-धाड़ बज रहा था।

चैत-बैसाख की दोपहरी में सूरज मानो धरती को जला रहा था। पैरों को गर्मी के कारण ऊपर-नीचे उचकाते वह बस में सबके चढ़ जाने का इंतज़ार कर रही थी जैसे। बस नन्हे नाई की दुकान के सामने आकर रुक गई। इस वक़्त चार-पाँच सवारियाँ उतरीं, जिनमें दो औरतें भी थीं, लाल-गुलाबी साड़ी में मुँह ढके। उन्हें देख माँ की और याद आई, पर माँ लाल गुलाबी साड़ी नहीं पहनती। उसकी सब साड़ी हल्की पीली या हल्की नीली हैं। नहीं उसे माँ के पास ही जाना है। उसे माँ की नीली-पीली गोद याद आ रही थी, कभी धरती में मुँह छुपा लो, तो कभी आसमान में।

बस में वे लड़के भी चढ़ गए हैं, पीछे से बुर्के वाली औरत भी चढ़ गई है। वह तेज़ी से टपरी से निकल बस में दन-दन चढ़ गई। हथेली में पसीजी चवन्नी अब भी दबी थी, दूसरे हाथ से काला कपड़ा सिर से खिसका थोड़ा चेहरे को पौंछने जैसा आभास देती वह मुँह छिपाए-सी खड़ी हो गई है। बस में नज़र घूमी। सारी सीटें भरी थीं। बुर्के वाली औरत बोनट की बग़ल वाली सीट पर बैठी थी। बस में चारों तरफ़ देख घबराहट से भर गई है वह।

'बैठ जा लाली सीट पर। किसके साथ है?' कंडक्टर की आवाज़ हथौड़े-सी पड़ी उसके सिर पर। बिना बोले हकबकाई-सी खड़ी रही।

'मेरे साथ...' सामने की सीट से बुर्केवाली की आवाज़ आई, 'आजा लाली! यहाँ बैठ मेरे पास।'

सीट तक पहुँचने के रास्ते में सामान की बोरियां रखी थीं। वह असमंजस में खड़ी रही, तभी कंडक्टर ने हाथों से ऊँचा उठा उसे बुर्के वाली के बग़ल में बिठा दिया। बुर्के वाली ने अब भी चेहरे पर नक़ाब डाला हुआ था। उसके बग़ल में बैठ वह बगलें झाँक रही थी कि कंडक्टर की आवाज़ ने फिर दहला दिया, 'टिकट।'

पसीने में भीगी बंद मुट्ठी खोलकर कंडक्टर के आगे फैला दी। वह हँस पड़ा। तब तक बुर्के वाली ने अपने बुर्के के अंदर से बटुवा निकाल कंडक्टर को पैसे दे दिए। वह अपनी खुली हथेली पर रखी चवन्नी को ताकती रह गई। कम पैसे हैं क्या? बस से उतार तो नहीं देगा?

मगर बस तो चल रही है। कुछ कहा भी नहीं, दिमाग़ उलझा रहा सवालों में। तभी बुर्के वाली ने उसकी खुली मुट्ठी बंद कर दी, 'रख लै लाली, मैंने दे दिए पैसे।'

अरे, अच्छा तो ये चवन्नी बच गई। कित्ती मुश्किल से नाज साफ़ किया था। अब क्या करेगी वह इन पैसों का! मुट्ठी खोल-बंद करते-करते विचार आ जा रहे थे। कभी बुढ़िया के बाल, कभी रामनारायण का कलाकंद, कभी छिद्दा की कुल्फी आँखों के आगे चक्कर लगाने लगे। पर आखिर में जीत छोटू के लिए झुनझुना के विचार की हुई। जैसा झुनझुना कमला चाची के पोते के पास था। खूब ख़ुश हो जाएगा ना छोटू।

'भइया देखने जा रई सहर लाली!' बुर्के वाली की बात चौंका गई। इसको भैया की कैसे पता?

'साह जी के साथ कायकू ना गई? अकेली कायकू जा रई?'

यह तो बापू को भी जानती है। हे भगवान, अब यह ज़रूर बापू को बता देगी। कोई जवाब नहीं देगी वह इसकी बात का। पता नहीं कौन है? क्या चाहती है? उसकी टिकट का पैसा भी दे दिया।

उसके जवाब न देने पर बुर्के वाली ने अपना नक़ाब उलट दिया, 'लाली, मैं सहीदन।' काले बुर्के से भक्क सफ़ेद चेहरा निकल आया। बस चीख

निकलते-निकलते रह गई। हे भगवान, तो यह सहीदन है। हवेली के सामने ही तो इसका घर है और कल ही तो दादी से इसकी लड़ाई हुई है। लड़ाई क्या, सहीदन तो कुछ बोलती नहीं। दादी ही एकतरफ़ा गालियां देती हैं। कल भी तो इसे खूब गालियाँ दे रही थीं।

'कढ़ीखाई... अरे डायन सहीदन... उत्ती... तेरे घर में कुत्ता रोए, मिटी... सवैरै-सवैरै मेरे सामनै आ जावै... मेरे बालकन पै जादू टोना करै, मरी... निपुती कहीं की...।'

और भी न जाने क्या-क्या, दादी की गालियाँ उसे बिलकुल समझ नहीं आती, बस उनका गुस्से में गोरा चेहरा लाल हो जब तमतमाता है, तो हर आदमी की फूंक सरक जाती है। दादी गुस्से में सुनती थोड़े ही है किसी की। जब गुस्सा आता है, तो गालियाँ ओलों-सी झड़ती हैं मुँह से और गालियाँ भी तो जाने कहाँ-कहाँ से लाती हैं। वह तो डरकर सामने आती ही नहीं।

दादी का गुस्सा सहीदन उस पर तो नहीं निकालेगी? क्या सही में जादू करती है सहीदन? दादी तो रोज़ ही इस बात को कहती हैं, 'अरे बालको, या सहीदन के घर मत जइयो। ना कुछ खइयो वाके घर, जादू करै जे लुगाई।'

दादी से डर के कारण कभी पूछ नहीं पाती मगर सहीदन का रूप तो लुभाता है। कित्ती प्यारी-सी है। कितनी बार तो इशारों से बुलाती है अपने घर। अकेली रहती है। सहीदन को डर नहीं लगता रात में अकेले?

दादी तो बिना मतलब भी गाली देती है बेचारी को। कभी दरवाज़े पर दिखाई दे जाए, हवेली के सामने से निकल जाए, 'अरे खा गई डायन पूरे कुनबाय... नाय बालक छोड़े, ना ख़सम... अब घूम रई है इकलखुट्टी फांय-फांय करती... दूसरे के बालकन पे नज़र धरै मुसल्ली।'

सहीदन पकड़कर ले जाएगी क्या उसे? जादू कर देगी क्या उस पर? गंगा फुआ कहानी सुनाती हैं न, एक बहुत सुंदर, चुड़ैल, जादूगरनी रहती थी। सब उसकी सुंदरता के मोह में खिंचे चले आते और वह उन्हें पकड़ किसी को चिड़िया, किसी को तोता, किसी को बकरी-बंदर बना देती और अपने घर में रख लेती। तो क्या सहीदन के घर जो तोता है, बकरी है, सब जादू के बने हैं? वह तोता तो कितना अच्छा लगता है। कैसे माँ-माँ बुलाता है और सहीदन उसे बेटू-बेटू कहती है।

क्या सहीदन आज उसे भी तोता-बकरी बना देगी? अपने घर के सामने रहकर भी वह अपने घर नहीं जा पाएगी? दूर से तोता-बकरी बन चिल्लाएगी, पर बापू, दिदिया, दादी कोई नहीं पहचानेगा उसे और माँ... हाँ, माँ अस्पताल से आएगी और घर में वह नहीं मिलेगी, तो कितना रोएगी। सहीदन के घर से दूर से तोता बनी देखेगी और माँ पहचान ही नहीं पाएगी कि अरे... यह तो उसी की लाली है। पर माँ तो भूल ही जाएगी उसे। छोटा भैया जो मिल गया है। वह तो कितना प्यारा है। सहीदन छोटे भैया पर तो जादू नहीं करेगी? नहीं-नहीं। वह सहीदन को चोंच से खूब मारेगी अगर उसके भैया पर उसने जादू किया, वह चिल्ला-चिल्लाकर माँ को बता देगी, 'सहीदन बुरी है... चुड़ैल है।'

बस एक झटके से रुकी। उसने चौंककर देखा। हाँ, यही तो बस अड्डा है। झटके से सहीदन से हाथ छुड़ा रास्ते में रखी बोरियों पर से कूद, जब तक सहीदन सँभलती, वह धड़-धड़ बस से उतर गई। पीछे मुड़कर भी नहीं देखा और जल्दी-जल्दी आगे बढ़ गई।

आज बस अड्डे की दुकानों ने भी उसे नहीं लुभाया, वरना बापू के साथ आती है, तो अड्डे की दुकानों में ही अटक जाती है। बढ़िया-बढ़िया फल, मिठाई, कहीं जूस, गन्ने का रस, कहीं चाट-पकौड़ी सब उसे मोह लेते। गाँव में ये सब कहाँ मिलता है। बस, नौमी के मेले में जब ज़ाहर बाबा पर मेला लगता है, तभी आती हैं सब दुकानें। ख़ैर, मेले में तो बोहोत कुछ आता है। कित्ते बड़े-बड़े झूले, जिन पर झूलने पर उसके प्राण अटकते हैं। जब सायं-से झूला ऊपर उठता है, पेट में कितनी गुलगुली होती है। मेले में तो दुनिया भर के खिलौने, कितनी तरह की मिठाइयां, चाट भी बोहोत तरह की... इतनी तो यहाँ अड्डे पर भी नहीं मिलती।

हाँ, बस अड्डे के बग़ल वाली तो गली थी। बापू के साथ उस दिन आई तो थी वह छोटू भैया को देखने। इसी गली में बढ़ते जाना है बस।

अब तो धूप भी कम हो चली थी। सूरज भी आसमान के बीचो-बीच रावण की तरह नहीं हंस रहा था अब। वह लगभग भाग रही थी। अचानक सामने चौराहा आया देख दिगभ्रमित-सी खड़ी रह गई। सामने वाली गली या बग़ल वाली? बापू के साथ आई थी, तो एक ही गली तो थी, जिसपे सीधे चलते चले जाओ।

'लाली, सामने वाली गली गई है डाक्टर कोली के यहाँ।' बुरी तरह चौंक गई। यह सहीदन यहाँ भी पहुँच गई। सही में जादूगरनी है क्या? कहीं ग़लत गली तो नहीं बता रही? जादू से यह गली बनाई क्या उसने? ज़ोर से रोना आ गया।

'अरे लाली, रो मत। देख काई ते भी पूछ लै, डाक्टर कोली के अस्पताल जेई गली जाती है। क्यों भैया! डाक्टर कोली के जेई सड़क गई है ना?' सहीदन ने गली में जाते हुए एक लड़के से ही पूछ डाला।

'डॉक्टर कोहली? हाँ, यही गली तो है। बस दो-चार घर छोड़कर ही तो है डॉक्टर कोहली का क्लीनिक।' लड़का कहते हुए मुड़ गया।

लड़के की बात पूरी होने से पहले ही वह दौड़ पड़ी उस गली में। लो, यह है तो सामने ही। काला बोर्ड चमक रहा सफ़ेद अक्षरों से लिखा - डॉक्टर आकाश कोहली। नीचे भी जाने क्या-क्या अगड़म-बगड़म लिखा था। उतना उसे कहाँ पढ़ना आता है। बस, बापू ने ऊपर लिखा नाम ही तो सिखाया था। चीख-चीख कर रोने, हँसने, उछलने, नाचने को मन हो उठा।

अस्पताल में ज़बरदस्त गहमागहमी थी। सफ़ेद कपड़ों में इधर से उधर घूमते नर्स-कंपाउंडर को उसने हर बार की तरह अचरज से देखा। यह क्या स्कूल है? जैसे दिदिया के स्कूल में सब सफ़ेद ड्रेस पहन कर जाते हैं मगर ऐसे घूमते तो नहीं इधर-उधर। बस आधी छुट्टी छोड़कर। उसका स्कूल भी तो दिदिया के स्कूल के बग़ल में ही है, सो वह कभी भी भागकर पहुँच जाती है दिदिया की कछछा में। दिदिया तो कित्ता गुस्सा होती है, पर उसे बड़ा मज़ा आता है वहाँ। उसका ख़ुद का स्कूल तो... हूंह... बिलकुल ही सड़ा है। घर से खाद का खाली हुआ बोरी-कट्टा लादकर ले जाओ बैठने के लिए, तख्ती पर तवे की कलौंच पोत, घोटा से घोंटकर चिकना करो, तब जाके कहीं लिखो। वह भी कलम-दवात... रोज़ ही तो खड़िया का बुदक्का गिरता है उससे और सरबती भैन जी लगाती हैं गाल पर दो लप्पड़।

दिदिया के स्कूल में तो लकड़ी की लम्बी-लम्बी कुर्सी-मेज़ (बैंच-डेस्क) लगी हैं। कैसे मज़े से दिदिया सफ़ेद सलवार-कुर्ता पहनकर वहाँ बैठती है और पेन से लिखती है। मज़े हैं दिदिया के। कब बड़ी होगी वह? कब ऐसे सफ़ेद कपड़े पहनेगी? और... वो काला फ़िराक पीले फूलों वाला... वह कब दिलवाएंगे बापू?

और माँ... अरे माँ... हाँ, वह तो भूल ही गई... छोटा, रुई जैसा गोरा-गोरा छोटा भैया। यहाँ कहाँ हैं माँ? बापू तो अस्पताल में घुसे थे और माँ का कमरा आ गया था। अब...? उसे कुछ याद क्यों नहीं रहता? इसी से सरबती भैनजी मारती है ना। अब क्या करें? फिर ज़ोर से रोना आ रहा। कितनी भीड़ है। सामने बेंचों पर ढेर मरीज़ बैठे पड़े हैं। पूरी दुनिया ही बीमार हो गई है क्या?

बहनजी, गाँव मीरपुर से प्रधान नारायन सिंह की मेहरारू के बेटा हुआ है। कौन से कमरा में है? उसने सहीदन की आवाज़ पर चौंककर देखा।

ओह, यह पीछे-पीछे ही लगी है, पर बिचारी अच्छी है। इसके मारे ही रास्ता मिल गया सही। अब देखो, माँ का कमरा भी पूछ रही है। माँ से मिला ही देगी। धीरे से जाकर सहीदन का बुर्का पकड़ उससे लगकर खड़ी हो गई। सहीदन ने उसे हँसकर देखा, 'लै लाली, मिल गई तेरी माँ। आजा चल, मिलवाऊं।' सहीदन की हँसी कलेजे में उतरती चली गई। मगर दादी की बात याद आते ही कलेजा धक से रह गया, 'अरे बड़ी मीठबोलनी है जे। ज़हर की पुड़िया। हँस के फँसात है लोगन कू। जा की हँसी और मीठी बोली पै मत जइयो कबहू बालको। जादू करैगीईई करैगी जादूगरनी।'

हे भगवान, बस इस बार माँ से मिला दो। अब वह ऐसे कभी नहीं जाएगी घर से। बिना माँ-बापू के कहीं ना जाएगी या बस दिदिया के साथ जाएगी।

अब तो दिदिया उठ गई होगी सोकर। खोज रही होगी उसे। बापू भी घर पहुँच गए होंगे अब तो। सब मिलकर मारेंगे क्या उसे? माँ छोटू को गोद में देगी या नहीं या वह भी गुस्सा करेगी? माँ से मिलने का उत्साह मंद पड़ने लगा जैसे इन सवालों से और डर अपना फन फैलाने लगा।

'अरे लाली, आ। वहीं कायकू खड़ी है। देख यह है तेरी अम्मा का कमरा। जा मिल लै अपनी माँ सै।' सहीदन ने हँसकर उसे कमरे की तरफ़ धकिया दिया हौले से।

दरवाज़ा उढ़का ही था बस। उसके हल्के धक्के से खुल गया। सामने ही पलंग पर दरवाज़े की तरफ़ पीठ किए माँ बैठी थी। माँ की पीठ उसकी तरफ़ होने के बाबजूद वह पहचान गई उसकी पीली साड़ी से। सिर नीचे को झुका था। गोद में

शायद छोटा भैया था। बग़ल के स्टूल पर गंगा फुआ बैठी थीं। सबसे पहले उन्हीं की नज़र पड़ी।

'ऐं लाली, तुम?' गंगा फुआ की बड़ी-बड़ी आँखें जैसे बाहर ही निकल पड़ीं।

गंगा फुआ की आवाज़ के साथ ही माँ ने गर्दन मोड़ी।

'अरे लाली, तू किसके साथ आई है? तेरे बापू तो घंटा भर पहले ही गए हैं जहां ते। मंडी आए तो यहूँ आय गए, पर तेरी तौ कछु ना बताई बिन्ने। किसके संग आई?'

माँ की आवाज़ ने सब्र का बाँध तोड़ दिया। हिलकते हुए माँ की पीली गोद में मुँह घुसा दिया। हिलकियों से शरीर हिल रहा था। माँ की गोद में छोटा भैया है, यह भी ध्यान नहीं दिया।

माँ के, 'अरे-अरे.. भैय्या देख, छोटा भैया। उसके ऊपर तौ मत गिर बाबरी।' कहते ही वह जल्दी से हट रोते-रोते हँसने लगी और छोटे-से उस रुई के गोले पर झुक गई।

'अरी, रुक तौ... कितनी गंदी हो रही है। दीदी नै कपडऊ ना बदले? ऐसे ही गंदी चली आई और चप्पल कहाँ हैं?' माँ के चेहरे पर क्रोध आने लगा, 'अरे लड़की, कैसे आई है? किसके साथ आई है? बोलती कायकू नहीं। घर में बताई भी है कि ना?'

'ओ गंगा फुआ, देखो तौ किसके साथ आई है ये पगलिया।'

गंगा फुआ दरवाज़े पर झांककर लौट आईं, 'कोई तो नज़र ना आ रहा बिटिया।'

'किसके साथ आई हो लाली? बताती काहे नहीं।' गंगा फुआ के सवाल पर वह मूर्खों की तरह उन्हें देखती रह गई।

'अकेली आई हो का?' गंगा फुआ की आँखों के साथ अब मुँह भी फैल गया था।

उसे रोते-रोते हँसी आने को हुई उनका चेहरा देखकर, पर माँ गुस्सा हो जाती। वह फिर भैय्या पर झुक गई। पर वह तो ज़ोर-ज़ोर से कायं-कायं कर रोने लगा।

माँ हाथ से उसे झटक भैया को गोद में ले चुपाने लगी। झटके से वह गिरने को हुई, पर दीवार थी पीछे।

माँ को देखो, छोटू पर कितना प्यार आ रहा। मैं तो जैसे कोई हूँ ही नहीं... मुझे गोद में लेकर तो प्यार नहीं करती। कित्ते दिन बाद मिली है, तब भी। भैया के पास तो रोज़ रहती है। सब गंदे हैं... बापू... माँ... गंगा फुआ.... सब। कितनी मुश्किल से नाज बीना धूप में, कैसे-कैसे बस में आई और माँ, प्यार से गले भी नहीं लगाया... बस ज़रा अपना छोटू रोया, हमें झटक रही। आँख फिर किरकिराने लगी। नहीं, अब वह नहीं रोएगी। माँ तो छोटू के रोने पर उसे गोद में उठाती है। उसके रोने पर तो गुस्सा ही होती है। ज़्यादा गुस्सा हो गई, तो यहां से ना भगा दे। फिर वह कहाँ जाएगी। कैसे जाएगी गांव। वह... वह सहीदन फिर मिल जाएगी क्या? घबराकर चेहरा दीवार की तरफ़ घुमा लिया।

दीवार में खिड़की थी, उस पर टंगे पर्दे पर उंगलियां चलने लगीं। उंगलियों से पर्दे को थोड़ा हटा बाहर झाँका। दूर तलक धूप में जलती लम्बी काली सड़क साँप जैसी लोट लगा रही थी। निगाह दूर सड़क के अंतिम छोर तक पहुंची, तो दूर मोड़ से मुड़ता काला बुर्का झलका और ग़ायब। हे भगवान, यह सहीदन अभी यहीं थी। माँ को पता चल गया, तो कच्चा ही चबा जाएगी।

'अरे पर्दा कायकू हटा दियौ, लड़की... कमरा घाम सै भर गयौ। अरे, गंगा फुआ, याए लै जाके नल पै मुँह-हाथ धुला देओ। और खानाऊ खिला देओ। पता नहीं कब की भूकी है।'

भूक की याद आ गई बड़ी जल्दी। आज क्या खाया उसने? गुड़ की चाय के साथ रात की रोटी दी दिदिया ने। उसने पूरी खाई भी नहीं। गुड़ की चाय कहीं अच्छी लगती है। पूरे घर को पता नहीं क्या स्वाद आता है उस चाय में।

'लेओ लाली... हाथ-पैर तौ चमका दिए तुम्हारी लाड़ो के, पर फ़िराक... फ़िराक का हाल देखो। केता गंदा किए बैठी हैं।'

'का बताएं अब हम, मुसीबत खड़ी कर दई है आज इन्ने। बिना बताए भाग आई है जे। इनके बापू का आज का हाल हैरो होएगो। घर में तमाशो मचा रक्खौ होएगो। आज इनकी दिदिया और हमारी ख़ैर नाय। अब बो बिचारी का-का देखें। इने

देखें, छोटे पिंटू को देखें, चौका-चूल्हा करें, अपनी पढ़ाई करें? अब जे छोटी तौ रई नाय? बताओ... धींगरी है रईं हैं...अकल थेला को नहीं। केती बार बताई होएगी, लाली,अकेले कहूँ नई जानौ चइए कबी, कोऊ बुलाबै, बहलाबै, तौऊ काऊ की बातन में ना आनौ चइए। अब बताओ लरकी जात... कलकदा कछु ऊँच-नीच हो जाय... वो तौ जन किन देवतान की असीसन से जे याँ पौंच गई। कौन देवी-देवता पहुँचा गए इन्हें इहाँ।'

तो क्या सहीदन देवी है, डायन नहीं। देखो दादी को, झुट्टे ही बोलती है। माँ को बता दे क्या, सहीदन ही उसे छोड़ गई है। कित्ती अच्छी है वह। 'ऐ लाली, आज इनके बापू जो फ़िराक लाके रक्खे हैं, वही पहना दें का?' गंगा फुआ की बात से कान खड़े हो गए उसके।

'अरे गंगा फुआ! वह फ़िराक तो जे लल्ला के नामधरै पर पैनने को लाए।'

'हाँ तो का हुआ लाली! नामधरे मेऊ पहिन लेंगी। अभी पहना देत है, जे फ़िराक धो डाल्त हैं। सूख जाई, तो यही पहिन लेंगी।'

'कैसा फिराकमाँ! बापू लाए का? दिखाओ ना... दिखाओ ना।' माँ को हिला डाला उसने बुरी तरह।

'अरे लड़की, लै देख। तेरी पसंद का लाए हैं। कल रात को रोई थी ना... तुमारे बापू दुखिआ रए कि मैंने लाली को थप्पड़ मार दिया वाके जिदियाने पर।'

वह कुछ नहीं सुन रही। सब भूल गई है। भौचक्की, उद्विग्न, विह्वल... काले फ़िराक को छुए जा रही। अरे, यह तो बिल्कुल कोहली की बिटिया के फ़िराक जैसा ही है। बल्कि उससे भी अच्छा है। देखो, कैसे सुंदर-सुंदर फूल बने हैं। इसमें तो बाँह-गले पर ही नहीं, नीचे भी झालर लगी है। आह, बापू कित्ते अच्छे हैं। वह फ़ालतू ही गुस्सा रही थी, जिदिया रही थी। तभी न बापू कहते हैं - बड़ों की बात मानो। ज़िद न करो।

अब नहीं करेगी न ज़िद। अब गुस्साएगी भी नहीं। वैसे वह तो बापू की हमेशा बात मानती है। रात ही पता नहीं क्या हो गया था उसे। माँ की भी कितनी याद आ रही थी। बापू ला भी तो नहीं रहे थे माँ के पास। छोटू के पास। इसी से तो गुस्साई।

ऊपर से बापू ने मारा भी। बस मारे गुस्से के चुपचाप भाग आई यहाँ। कित्ता दुखी होंगे बापू। वह हमारे लिए फ़िराक लाए और हम चुप्पे से यहां भाग आए। का करे अब वह। अच्छा माफ़ी माँग लेगी बापू से। पर कैसे?

काली रेशमी ज़मीन पर पीले फूलों वाले और पीली ही लेस लगे फ्रॉक में सजा बैठा दिया है गंगा फुआ ने और उलझे बालों को धो दो सुंदर चोटियां भी बना दी हैं। माँ ने भी उदार हो, भैया को गोद में गद्दी रख लिटा दिया है। इस वक़्त वह सातवें आसमान पर है। रुई-सी हल्की हो हवा में उड़ रही है। पता नहीं नहाने से इतनी हल्की हो गई क्या? कभी भैया का नीला-नीला झबला छूती है, तो दूसरे ही पल अपने फ्रॉक का कपड़ा छू लेती है और बरबस ही मुस्कुरा पड़ती है। छोटू के चेहरे पर झुक धीरे-धीरे उससे कुछ गुनसुन हो रही है। वही मछला, वीरू, मधु, मुत्री, फ़िरदौस के क़िस्से। दादी की गालियां, दिदिया का रेडियो, स्कूल का कुर्सी-मेज़... सबके क़िस्से... नहीं अभी से बता रखेगी सब छोटू को। घर आएगा, तो सबको जान लेगा, पहचान लेगा। कित्ता ख़ुश होगा। बस, सहीदन का अभी नहीं बताएगी।अभी समझता कहाँ है इतना। माँ भी तो है यहाँ। सब पता चल जाएगा उसे। नहीं... अभी नहीं... बाद में बताएगी।

माँ बग़ल में अब आराम से लेटी है। उसकी भैया से होती बातों पर मुस्करा रही है। भैय्या तो आँखें खोलता ही नहीं। बस कभी उसकी नन्ही-सी मुट्ठी हवा में तन जाती है, तो कभी दोनों पैर ऊपर उठा देता है। उसकी पीठ माँ के पेट से लगी है और वह बार-बार सँभल कर पीठ को माँ के पेट से और सटा लेती है। फिर गोद में छोटू को थोड़ा और सहेज लेती है। कुर्सी पर बैठी गंगा फुआ ने अपने पैर माँ के पलंग पर ही फैला दिए हैं। और बीच-बीच में हीही कर कह उठती हैं, 'ऐ लली,तुमऊ कमाल औ...!'

'अच्छा तो ये बेबकूफ लड़की यहां बैठी है।'

बापू की गुस्से से भरी आवाज़ ने जैसे कमरे को दहला दिया। माँ जल्दी से सिर पर पल्लू संभाल सीधे होकर बैठ गई। गंगा फुआ फटाक से पैर पलंग से नीचे उतार, घूंघट खींच दरवाज़े की तरफ़ पीठ कर खड़ी हो गई।

'इतनी मूर्ख लड़की है। अकेले बस में बैठकर चली आई। अभी कोई पकड़ कर ले जाता, क्या हाल करता इसका? इतना माँ का हेज आ रहा था। दो दिन रुक

नहीं सकती थी। दो दिन बाद माँ घर नहीं आ जाती क्या?' बापू बहुत गुस्से में मगर धीमे-धीमे दाँत भींचकर बोल रहे थे।

गांव होता, तो कित्ता चिल्लाते। वह डरकर माँ के पीछे हो गई है। माँ ने जल्दी से उसकी गोद से भैया को ले लिया है। माँ भी कैसी डर गई है। कुछ बोल ही नहीं रही। गंगा फुआ तो बापू के सामने वैसे भी नहीं बोलतीं। एक बार बापू से कुँवर सा-कुँवर सा करके कुछ कह रही थीं, तो दादी ने कैसी ख़बर ली थी, 'कैसी पटर-पटर बोलै लाला के सामने कुमरसा-कुमरसा करके। जे नौकरानी लाई हैं उठाकै मायके ते... जे नौकरानीन के लक्खन हैं? नौकरानी बनके ना रहौ जात।'

गंगा फुआ का तो रो-रोके बुरा हाल हो गया था। माँ ने कितना मनाया था, 'जाने देओ ना, फुआ! अम्मा की तो आदत ही है ऐसी बात करने की। आप बुरा ना मानो। आप तो मेरी माँ जैसी हो। बेटी झूठमूठ बनाई हो का?'

गंगा फुआ फिर बापू के सामने कभी न बोलीं, न मुँह उघाड़ा। बापू की धीमी, पर दहला देने वाली आवाज़ से वह माँ के पीछे खड़ी काँप रही है। बापू का गोरा चेहरा बिलकुल लाल, चूल्हे में जल रहे कंडे जैसा सुलग रहा है।

इतनी टीक, जलती दुपहरी में बालक घर में से निकलते नहीं हैं और यह... चली आ रही हैं जी भागी। ना घर में पूछना, ना बताना। वह तो सहीदन न बताए, तो पता ही न चले। और अम्मा... उसी पर गरज रही हैं- डायन, जादूगरनी, चुड़ैल... जाने क्या-क्या बोल रही हैं। तुम लोग भी सहीदन को ही दोष देती हो।' अब बापू की आवाज़ थोड़ी धीमी हो आई थी, 'आज तो मैं भी पहले डर ही गया था सहीदन की बात सुनकर। उसकी बात बकवास ही लग रही थी कि भला अकेले इतनी छोटी लड़की बस में बैठकर कैसे डॉक्टर के यहां जा सकती है। उसकी सच्चाई पता करने ही भागा-भागा यहां आया, पर आज इसे यहां अच्छा-भला देखकर सहीदन पर विश्वास हो गया।'

बापू खोए-खोए से बोले जा रहे था, 'कोई डायन, जादूगरनी नहीं है वह। साधारण दुखियारी और बस ममता की मारी है। कह रही थी, 'बाबूजी, आप बच्ची से कछु कहियो मति। छोटी बालक है अभी। माँ से अलग ना रह पा रहि होएगी। जाई सै अकेले चली गई। मैंने नाज बीनती देखी, धूप में बैठी। सोची बालक है। कछु खाएगी बरफ़ कौ गोला-फ़ोला, पर उन्नै तौ नाज दुकान पै बेच, बस अड्डे की राह

ली। मेरौ दिमाग़ ठनकौ। मैं बुर्का पैन वाके पाछै लग लई। लाली आती-जाती बस देख रई दुकनिया के पाछे ते। सोच रई कोई देख ना सकत वाए, पर मैं बुर्का के पीछे ते सब देख रई। लाली जैसै बसन नै देख रई, मोय लग गई, जे अपनी माँ के पास जानौ चाहत है सायद। मैं जेहि जाँच करने बस में चढ़ी कै लाली या बस में चढ़ैगी कै नाय और सही में, जैसे ही बस चलने को हुई लाली कूद कै बस में चढ़ गई। तभी मेरी समझ में आ गई लौंडिया अपनी माँ के मारे भागी जा रही।

मैं लाली कू माँ के कमरा तक छोड़ आई हूँ, पर उनते मिली ना, बाहर सै ही चली आई। वोऊ मोए पसंद ना करें सायद। दादी तो डायन, जादूगरनी समझैंई हैं, लगे वोऊ समझत हैं मोए जादूगरनी। पर लौंडिया कू अकेली ना छोड़ पाई मैं बस में।'

बापू का चेहरा धीरे-धीरे लाल से बदल राख जैसा हो गया। जैसे कंडा बुझ गया। बापू अब उसी को देख रहे हैं। आँखों में क्या तो चमक रहा उनके। हाँ, जैसे ताल का पानी हिलता है ना, बिलकुल ताल जैसी हो गईं बापू की आँखें।

'हम्म, तो फ़िराक भी पहन लिया। पसंद आया? रात क्या हालत करी है इस लड़की ने रो-कर विद्या!' बापू माँ की तरफ़ चेहरा करके कह रहे हैं, 'लाली तो हमें कभी तंग नहीं करती थी, पता नहीं क्या हुआ है इसे। पहली बार ऐसा देख रहा हूँ। इस तरह ज़िद करते। शायद यह तुम्हारे बिना रह नहीं पा रही। अब परसों तो तुम आ ही रही हो गांव। मैं गाँव जाकर माँ को बता दूँ, वहाँ वह सहीदन की जान खा रही होंगी।'

'अब रहो तुम यहीं माँ-भैया के पास। हम तो तुम्हारे बापू हैं ही नहीं ना।' उसकी तरफ़ देख बापू जल्दी से मुँह मोड़ कमरे से बाहर निकल गए।

मास्टरनी का जादू-मंतर

'अरे राधा! काम छोड़, पहले इधर सुन ज़रा।'

'जी,भाभी! का हुआ?' रसोई के बाहर से ही झांककर रधिया पूछती है।

'अरे अंदर आ ना।'

'हम अंदर आएं?'

'हाँ-हाँ, जल्दी आ।'

'लेकिन ताई?'

'ताई मंदिर गई हैं। अभी देर है उन्हें आने में।' कह जल्दी से राधा को रसोई के अंदर खींच लिया।

'ये कचौड़ी खाकर जल्दी से बता कैसी बनी है। कुछ कमी-बेसी होगी, तो ठीक कर लूँगी अभी। ताई मंदिर से लौटती होंगी। वह आ गईं, तो फिर कुछ नहीं हो सकता। भगवान को भोग लगाने के बाद खाएंगी, तो कमी पर डांट के अलावा कुछ नहीं मिलेगा' लाऑपाला सेट की सामने ही रखी प्लेट में दो कचौड़ी चटनी के साथ रख रधिया के हाथ में पकड़ा दी।

रधिया प्लेट हाथ में पकड़े किंकर्तव्यविमूढ़-सी खड़ी नई बहू का मुँह देख रही है।

'भाभी! अभी ताई भगवान जी को भोग लगाएंगी, तभी न सब खाएंगे।'

'अरे कुछ नहीं होता। मैं तो रसोई में नहीं खा रही हूँ ना। तू तो बच्ची है। तेरे खाने में क्या दोष। कन्या तो देवी रूप होती है। चल अब जल्दी से खाकर बता ठंडी भी हुई जा रही हैं। कचौड़ी तो गर्म-गर्म ही खाने में मज़ा आता है। जानती है अपने घर तो मैं दाल की कचौड़ी बनते ही टूट पड़ती थी। माँ चिल्लाती रहतीं, पर कौन सुनता था

जी। सीसी-सीसी करते हुए दो-चार कचौड़ी तो मैं रसोई में हाथ में पकड़े-पकड़े ही खा जाती थी।' बताकर हँसते हुए एक नमी तैर गई बहू की आँखों में।

रधिया लक्षित कर खिल्ल से बोल उठी, 'भाभी! आपको अपने घर की याद आ रही है ना?'

'अरे नहीं रे।' हल्के-से नाक सुड़क चेहरा कड़ाही की तरफ़ घुमाते हुए वह तत्पर हो उठी।

'राधा प्लीज़ जल्दी कर न। अभी ताईजी आने ही वाली हैं। वैसे आज मंदिर में सत्संग बता रही थीं। हो सकता है थोड़ा समय लग जाए, फिर भी...।'

'अच्छा ठीक है। मैं अपनी प्लेट ले आती हूँ।'

'अपनी प्लेट? अरे प्लेट में ही तो दी हैं। अपनी-तेरी क्या... चल खा!'

'भाभी! आपको नहीं मालूम क्या?'

'क्या?'

'जात!'

'मतलब?'

'मतलब मेरी जात जानती हैं ना...'

'कचौड़ी में जाति कहाँ से घुस आई राधा!'

राधा ज़ोर से हँस पड़ी, 'अरे कचौड़ी में नहीं, पर आपने मेरे बरतन नहीं देखे क्या? बाहर वाले आँगन के आले में रखे तो रहते हैं। रोज़ उनमें ही तो खाती हूँ।'

'अरे ठीक है बाबा! पर अभी तू इसी प्लेट में खा लेगी, तो तेरा धर्म नहीं चला जाएगा। दो घंटे प्लेट लाने में लगा देगी।'

राधा बड़े शहर से आई नई बहू को मज़ाक और आश्चर्य से देख रही है। इनको कुछ नहीं पता। भला ऐसा कहीं होता है। हाथ में पकड़ी प्लेट पर नज़र जाती है।

झक सफ़ेद, एक तरफ़ थोड़े हल्के लाल मटमैले धूसर-से फूल, गांव की तलैया में तैरते बगुला की याद हो आई उसे।

ऐसा ही तो उजला होता है और ये फूल तो बिलकुल उसकी चोंच से हैं। उसमें रखी कचौड़ी, हरी चटनी देख पता नहीं क्यूँ उसे लगा जैसे पानी से निकले बगुले की पीठ पर सूखी और हरी पत्ती चिपक गई हो। यह ख़याल आते ही वह फ़िक्क से हंस पड़ी। घर से थोड़ी दूर ही तो तालाब है, फ़ुर्सत मिलते ही वह सीधे पहुंचती है तलैया पर, पानी में तैरते बगुलों को देखना कितना भाता है।

कैसा चमकीला-चमकीला तलैया का नीला पानी और उस पर तैरते भक्क सफ़ेद बगुले, जैसे नीले आसमान में छोटे-छोटे सफ़ेद उड़ते बादल। अगर सुबौ-सुबौ पहुंच जाओ तलैया तो मज़ा ही आ जाता है। कैसी तो बयार बहती है तलैया पर। मन करता है पंख लगा बयार जैसे ही हौले-हौले बहे पानी के ऊपर और सूरज बाबा जब थोड़े लाल-लाल से। अरे, जैसे रमली काकी के बचवा हुआ तो ऐसे ही लाल-लाल रहा, जैसे चून में ग़लती से सेंदुर मिला दिए हों,अपनी मइया की नीली-नीली साड़ी से झांककर देखने लगते हैं।

सच्ची में मन करता है उन्हें गोद में ले उछालूँ। जैसे रमली काकी के काका अपने बचवा को उछाल-उछाल खिलाते हैं। मगर उसे नहीं उछालने देते। हूंह... रधिया ने होंठ बिचकाए।

'हे मेरे राम! जे का दलिद्दरपना हो रहा यहाँ।'

ताई की तीखी-तेज़ आवाज़ रसोईघर में गूंजी और रसोईघर की दीवारें दहल उठीं जैसे।

राधा के हाथ बुरी तरह कांप उठे और तेज़ छन्न की आवाज़ से प्लेट उसके हाथों से छूट ज़मीन पर टुकड़ों में पड़ी थी, जैसे बगुला के टुकड़े-टुकड़े हो पड़े थे तलैया के किनारे, जब किसी जंगली जानवर ने हमला कर दिया था बगुले पर।

एक कचौड़ी उछलकर ताई के पैरों के पास और एक अब भी उसके हाथ में लगी थी, जिसे मुंह तक ले जाने ही वाली थी वह। डर से कंपकपाते हुए भी कचौड़ी वाले हाथ को अपने दुपट्टे में छिपाने का ध्यान बराबर रहा उसे।

'चल भाग चम्मट्टी कहीं की... झांकियो मत मेरी देहरी पै... हिम्मत तौ देखौ... चौका में घुसी चली आईं... नीच जात... भेज अपनी महतारी को, बताऊँ तेरे लक्खन।'

ताई के मुँह से क्रोध में झाग निकलने लगे। उन्हें समझ नहीं आ रहा था कि अपने क्रोध को कैसे निकालें। अभी मंदिर से लौटी थीं, राधा को तो हाथ भी नहीं लगा सकती थीं। इस शहर से आई बहू बनी छोकरी को दो तमाचे रसीद करने को उनके हाथ फड़फड़ा उठे। मगर देवर बरामदे में बैठे अपने काग़ज़ों में मुँह घुसाए बैठे थे। इसका ख़सम भी अभी सोया पड़ा है, पर अपनी हीर के लिए दो शब्द नहीं सुन सकता। तुरंत कूद पड़ता है, जो ज़रा इस छोकरी को समझाने लगो।

पता नहीं क्या लक्खन लेके आई है पीहर से... कभी चौका में चप्पल लेके घुस जाएगी। कभी पूजाघर में... अकल नाम को नहीं... उस दिन इस रधिया को पूजाघर में ही घुसाए दे रही थी झाड़ू लगाने को। बोलो चमरिया को घुसाओगी गोपाल के दरबार में। समझाओ तो देवर टपक पड़ते हैं, 'अरे भाभी, बच्ची है। समझ जाएगी और आप भी जादा तनाव न लिया करो जात-पांत के चक्कर में। अब कौन मानता है इन बातों को। जिन गोपाल की तुम बात करती हो, वह तो सबके थे। जानती हो भाभी, उडुपी में एक बड़ा प्रसिद्ध कृष्ण मंदिर है। वहाँ दर्शन के लिए पीछे की तरफ़ एक खिड़की है। कहा जाता है कोई कनकदास थे कृष्ण के अनन्य भक्त नीच जाति के, जिन्हें मंदिर में प्रवेश की अनुमति नहीं थी और कन्हैया ने उनकी अनन्य भक्ति से प्रभावित हो दर्शन देने के लिए अपनी गर्दन ही खिड़की की तरफ़ मोड़ दी। आज भी मुख्य द्वार की तरफ़ उनकी पीठ है और खिड़की की तरफ़ चेहरा और राम... राम ने तो शबरी के झूठे बेर ही खा लिए। तो जब भगवान ही नहीं मानते, तो हमारी-तुम्हारी क्या औकात।'

'लो करलो बात... अब भगवान से तुलना करेंगे। अरे भगवान हुए हो का? पुरखों से चली आ रही रीत ख़तम करेंगे? उनको तो अकल ही नहीं थी ना, जो ये नियम बनाए। बस चार किताब पढ़कर तुम्हें अकल आ गई। हमें समझाते हैं। बताओ आज तो हद्द ही कर दी। चम्मट्टो चौका में तौ घुसी-घुसी, गोपाल कौ भोगअऊ न लगौ और वा पटरानी जीमन बैठ गई और वोउ इत्ती मँहगी काँच की प्लेट में, घर के बर्तन में... नीच जात को अब अपने बर्तन में खिलाओगी! इनके तो वैसे ही दिमाग़ ख़राब कर गए नेहरू-गांधी। तुम इनै और सिर पै बिठाय लेओ। माना

लाई हो काँच के बर्तन अपने पीहर से, पर जाकौ ये मतलब थोड़ि है कि भूल ही जाओ कि हो तुम बहू ही। घर के आचार-विचार ही गँवाए दे रहीं हैं जे तो।' ताई का स्वगत-भाषण चले जा रहा था। सुर कभी मंद्र कभी पंचम।

बहू नीचे सिर झुकाए रसोई धोने में लगी समझ रही थी जल्दबाज़ी हो गई उससे। जन्मों के संस्कार, जो अंदर तक बिंधे हैं, पोर-पोर में समाए हैं, इतनी आसानी से नहीं जाते। सदियां लग जाएंगी। अक्सर रधिया को देखती थी मासूम-सी बच्ची। रोज़ अपनी माँ के साथ आती घर के बाहर वाले आँगन-दालान, हाते को झाड़ती-लीपती, बग़ल में बने घेर में बँधे भैंस-गायों को दाना-चारा डालती, नहलाती-धुलाती, अनाज फटकना-छानना करती। रधिया का बाप रमादीन भी जब खेतों से फुर्सत पाता, तो उनके साथ लग जाता। आज दोनों ही खेत में लगे थे, सो रधिया ही अकेले आई थी। आज उसे अकेले पाकर ही वह यह हिम्मत कर बैठी थी और उसकी भूल का कितना खामियाज़ा उस बच्ची और उसके माता-पिता को उठाना होगा, नहीं जानती।

अक्सर रधिया की नज़रें पकड़ी थीं उसने, जिनमें एक लालसा नज़र आती थी। उस दिन बड़े भैया आए थे और महंगी कटलरी निकली थी। रधिया कैसे बैठक की खिड़की से चिपकी खाने की प्लेटों पर निगाहें जमाए थी। ताई ने उस दिन भी उसे डांटकर भगा दिया था। पता नहीं ताई अब उसे काम पर आने भी देंगी या नहीं।

अभी तो सबसे बड़ी समस्या ताई को खाना खिलाने की थी। आज यह एक महायुद्ध उसे लड़ना होगा। इतने दिन में यह बात अच्छी तरह समझ में आ गई है, ताई का क्रोध सबसे पहले खाने पर ही निकलता है। मुँह बाँध लेती हैं बिल्कुल ही।

उस दिन बड़ी भाभी को देखा था। बेचारी, ताई के सामने खड़ी सूखती रहीं मगर ताई के मुख से 'नहीं' निकल गई तो 'हाँ' न हो सकी। बात-सी बात नहीं थी, बस भाभी ने ग़लती से ताई से बिना पूछे नाऊन को खाना दे दिया था। मगर उस दिन उस पर ताई को प्यार आ गया था। पता नहीं, बड़ी भाभी को नीचा दिखाना था या भूख तेज़ लगी थी, जो ताई बड़ी भाभी के लाख मनाने, क्षमा माँगने पर खाने को तैयार नहीं थीं, पर उसके थाली ले जाने पर झट से खाना खाने बैठ गई थीं। वह आश्चर्यचकित रह गई मगर बड़ी भाभी हँस पड़ी थीं, 'जिस दिन ताई तुम से नाराज़

होंगी न नीरू! हमें बुला लेना। वह हमारे हाथ से खा लेंगी। बहुओं को नियंत्रण में रखने का सासों का यह भी पैंतरा है।'

मगर आज बड़ी भाभी भी नहीं हैं। ताई का गुस्सा कैसे शांत होगा। कुछ तो करना ही होगा। यह इम्तिहान दिए बिना काम नहीं न चलेगा। भले ही तैयारी ज़ीरो है। रसोई धो-पोंछ फिर से कचौड़ी का पूरा सरसंजाम कर काँपते हाथों से थाली ले ताई के सामने जा खड़ी हुई।

'खाना खा लीजिए ताई जी!'

'चलौ हटौ सामने ते। हमें भूक-बूक नाय।'

'ताईजी प्लीज़, हमें माफ़ कर दीजिए।'

'हम कौन होत हैं माफ़ी देने वाले।'

'प्लीज़ ताईजी! हमें बिलकुल मालूम नहीं थी रधिया की जाति।'

'हाँ, तुम तो दूध पीबती बारक आई हो। कछु नाय मालूम। अब जो जी में आए, सो करौ। नए ज़माने की आय गईं तुम। हम तौ आसरतू हैं तुमारे सुसर-आदमी की। सो हम का कह सकत हैं।'

ताई इतना बोल गईं, तो नीरू को भरोसा हो गया कि अब ताई मान जाएंगी। वरना जब वह नाराज़ होती हैं, तो शुरुआती गालीगलौज-चिल्लमचिल्ली के बाद एकदम चुप्पी साध लेती हैं। और जिससे नाराज़ हैं, उससे तो कई दिन का अबोला चलता है। उसे दिखा-दिखाकर दूसरे से बात करेंगी। कहेंगी-सुनेंगी और उसके कुछ भी कहने-पूछने पर उसे अनसुना करेंगी। नीरू ने यह सब बड़ी भाभी के साथ अक्सर होते देखा है। अभी नई है वह यहाँ लेकिन इतना समझ आ गया है ताईजी को नाराज़ करके इस घर में रहना मतलब जेल में रहना हो जाएगा।

ताई अपने विधवापन और औलादहीन होने को हथियार बनाकर प्रयोग करती हैं देवर और निर्मल के समक्ष। फिर उसे तो यहीं रहना है निर्मल के साथ। उसकी तो शर्त ही यह थी शादी की और उसे कोई विरोध भी नहीं था इस शर्त का। वह तो

ख़ुद गाँव का जीवन पसंद करती थी। कुछ था उसके दिमाग़ में, मन में, जो चलता रहता था। कुछ करना चाहती थी।

सामाजिक विसंगतियां उसे हमेशा उलझन में डालती थीं। रधिया के परिवार का आँगन से अंदर प्रवेश निषिद्ध और वहीं नाऊन चाची रसोई में बर्तन-भांडे सब धोती-मांजती मगर खाना वह भी नहीं छू सकतीं। बर्तन उनके भी अलग थे खाने के मगर वह आँगन के बाहर आले में रधिया के बर्तनों के साथ नहीं, रसोई के बाहर वाले आले में रखे रहते।

अक्सर नीरू ने इस अंतर के लिए रधिया और उसकी माँ के प्रति नाऊन चाची का उच्चता भाव परिलक्षित किया था। सदियों से चले आ रहे इस कास्ट सिस्टम ने जैसे आत्माओं को जकड़ा हुआ है। इस मकड़जाल से निकलना इतना आसान है क्या?

रधिया की माँ जाति के कारण इतना अपमानित होती है मगर शौचालय साफ़ करने आई भंगन से वह भी दूरी अपनाती है। आख़िर इस समस्या का समाधान क्या है, नीरू उलझ कर रह जाती है।

'अरी, तू इतनी जल्दी कैसै आ गई री, रधिया! और यहां तलैया पर का मक्खी मार रही है बैठी। सगरौ काम हो गयो तेरौ?' तलैया में कंकड़ फेंकती रधिया के सामने अचानक माँ आ खड़ी हुई।

'अरी, बोल काय कू ना रही। सांप सूंग गौ तोय।' माँ को देख थर-थर काँपती रधिया की घिग्घी बंध गई। ठोड़ी सीने में जा धंसी।

'अरी लौंडिया, का है गयो तोय?' माँ झल्ला उठी।

इस बार भी जबाब नहीं मिलने पर रधिया की माँ घबरा गई।

'लाली, का बात है? काई नै कुछ कही है? मोय बता लाड़ो।' माँ ने पास खींच लिया राधा को। माँ का स्पर्श पाते ही रधिया बुरी तरह हिलक उठी, जैसे बिजली का बटन दबाते ही मिक्सर ग्राइंडर की घर्र-घर्र शुरू हो जाती है। कुछ टूटे-फूटे, अधूरे, रोते-बिलखते शब्दों से जो कहानी रधिया की माँ के समक्ष खुल रही थी, वह उसकी आँखों में अंधेरा लाने में काफ़ी थी।

'अरे लड़की! ये तूने का कर डाला? अब ताई छोड़ेंगी? कभी पहले भी गई चौका में... जो पहुंच गई। जे तो सही में ग़लत है गयो लाली! तोये पतो नाय, हम कौन हैं।' अम्मा ने सिर पकड़ लिया।

'पर अम्मा! नाऊन काकी कैसै घुस जांए उनके चौका में? वोऊ तौ नीच जात हैं।' जिन नियमों को आज तक मानती आई थी, न जाने क्यों राधा का मन उनके विरुद्ध विद्रोह कर उठा।

'वामें का बात है लाली! बो हम ते ऊँच जात हैं, तईं लैं। फिर तैनै देखी नाय, हमाई चौका में भंगन घुस सकै?' राधा की माँ रमरतिया ने अपनी तुरुप चाल चली। रधिया भी उलझकर रह गई। जो चीज़ आदतों में रची-बसी थी, आज यक्ष प्रश्न बन गई थी राधा के लिए।

ताई को मनाना टेढ़ी खीर ही था रमरतिया और रमादीन के लिए। दोनों से ख़ूब नाक रगड़बा ली ताई ने, तभी काम पर दोबारा आने की इजाज़त की हामी भरी। देवर रघुवीर सिंह को भी हस्तक्षेप करना ही पड़ा। वह जानते थे अपने क्रोध और उतावलेपन में ताई ने अगर रमादीन का काम बंद करा दिया, तो उनके लिए मुश्किल हो जाएगी। सारा खेती-क्यारी, खेत-खलिहान रमादीन और रमरतिया ही सँभालते थे। उन्हीं के भरोसे उनके काम चल रहे थे। रघुवीर सिंह पढ़ने-लिखने के बड़े शौकीन, ज़्यादा समय उनका अपने शौक को ही समर्पित था। अब यह खेती-खलिहान तो उनके लिए मजबूरी का नाम महात्मा गांधी ही था।

रधिया की तो रूह काँपती ताई से। उनके सामने पड़ने से भी बचती। कब काम पर आती, कब चली जाती, नीरू भी पता न लगा पाती। झरोखे से लग कभी-कभार जो अंदर की रौनक झांक देख लिया करती थी, रधिया भूल ही गई।

नीरू और निर्मल इधर काफ़ी व्यस्त भी हो चले थे अपने प्रोजेक्ट में। गांव की अनगिनत समस्याओं को ले दोनों लोगों को जागरूक, शिक्षित करने में लगे रहते। ताई दोनों से बुरी तरह उखड़ी रहती। इस बहू के लक्षण उनकी समझ से बिलकुल परे थे। आख़िर यह बहुरिया निर्मल को सिखा-पढ़ा कराना क्या चाहती है।

अभी उस दिन ही, वह तो भौंचक्की रह गई थी, जब मंदिर में बहू को सिर उघाड़े पंडितजी से बात करते देखा कि गांव के चूहड़े-चमारों को भी मंदिर में आना

चाहिए। उनकी बारातों की निकरौसी भी मंदिर से होकर निकल जाए, तो क्या बुराई है और कैसे तो मीठा-मीठा हँस-हँसकर बोलती है। बाप रे, सरम-लिहाज बिलकुल ही बेच खाई है इन्ने तो और निर्मल भी कैसा हाथ पीठ पर बाँधे बहू की बानी बोल रहा था।

घर आ उन्होंने ख़ूब बबाल मचाया। जमकर खरी-खोटी सुनाई मगर कैसी चिकना घड़ा हो गई है। अब तो हँस-हँसकर ही उन पर हावी हुई जा रही है। कभी गले से लिपट जाएगी, कभी प्यार से लिपटा लेगी, कभी गोद में सिर रख लेट जाएगी।' ताईजी, आपसे पता नहीं क्यूँ माँ की ख़ुशबू आती है। मन करता है आपकी गोद में सिर रख लेटी रहूँ। कैसी तो गहरी नींद आएगी आपके आँचल तले।'

ताई बेबस-सी हो चली थीं। बताओ ऐसी बहू होती हैं क्या? यह तो घर के सारे नियम-कर्म को ही धता बताती जा रही है। ताई को नीरू पर ख़ूब-ख़ूब क्रोध आता। उस पर नियंत्रण के सारे दावं-पेच खेलती मगर जब नीरू उनकी गोद में मुँह छुपाती, तो उसके स्पर्श से न जाने उनके किन-किन अंतर कोनों से वर्षों की जमा स्नेहधारा बहने को आतुर हो जाती। उस स्नेहधारा को थामने में ही उनकी सम्पूर्ण शक्ति लग जाती। अंदर तक डर जातीं कि कहीं यह कल की छोकरी उनकी इस कमज़ोरी को जान उन्हें अपने मायाजाल में फंसा तो न देगी। वह ख़ूब-ख़ूब सजग रहतीं अपने क्रोध, तेज और संयम को बनाए रखने के लिए।

पर बात इतनी आसान नहीं थी शायद। यह कल की पैदा हुई चार जमा क्लास पढ़ी छोकरी उनके सारे भेद जानती जा रही थी जैसे। उन्हें भोर में ही चार बजे गर्म पानी पीने की आदत है, पता नहीं कैसे पता लगा लिया। सुबह-सुबह घुटनों के दर्द से कराहते हुए बिस्तर से उठतीं कि गर्म पानी लोटे में लिए खड़ी होती। थोड़ी देर बाद ही उनकी दूध-अदरक वाली ख़ूब गाढ़ी चाय बना लाती। न जाने कैसे उनके स्वाद को जान गई। बिलकुल वैसी ही बनाती, जैसी वह पसंद करतीं। उनका खाना-नाश्ता, चाय-पानी, दवाई सब समय पर। वह गुस्सा होने का मौक़ा ढूंढतीं और नीरू उनके मौक़े की तलाश को तलाश ही रह जाने देती। मगर ताई इतनी भी कमज़ोर नहीं थी। अपना दबदबा कायम रख, उसकी तारीफ़ में एक फूटा शब्द न निकलने देती मुँह से। गाहे-बगाहे अपनी जाती सल्तनत के दुख में उनके मुख से ठंडी आह तो निकल जाती मगर सँभाले रखती अपने को। नीरू को पता न चलने देती और बात-बेबात ताने-तोक की बरसात करती रहतीं उसके

ऊपर और वह थी कि मीठी हँसी से उनके तानों की धार कम करती जाती। ताई फड़फड़ा कर रह जातीं।

उन्हें तो अभी ही मालूम चला कि बहुरिया तो बिदेश में भी पढ़ाई करके आई है, 'भाभी, अपनी बहू को ऐसा-वैसा न समझो। विदेश से पढ़कर आई है। वहाँ के बढ़िया नौकरी के ऑफ़र छोड़कर आई है। गांव की सेवा करने के लिए।'

'सेवा कि हँसी-ठट्टा... का समाजसेवा करेंगी जे गांव में? सब कुछ तौ अच्छा ही चल रहा है देहात में। बेकार की बातें करके दिमाग़ ख़राब कर रही हैं लोगों का।' देवर की बात से चिढ़ उठी थीं वह।

'अरे भाभी, आजकल सब कुछ बदल रहा है। रहने-सहने का ढंग, खेती-किसानी का तरीक़ा, किसानों के फ़ायदे के नियम-कानून। गांव का ग़रीब आदमी कुछ जानता नहीं। पढ़ाई-लिखाई न होने से उन्हें पता ही नहीं चल पाता कि सरकार उनके फ़ायदे के लिए कितनी योजनाएं बनाती हैं। क्या-क्या लाभ मिल रहा है। कुर्सी पर बैठे लोग उन तक सूचनाएं पहुंचने नहीं देते या दुनिया भर की तिकड़में लगा उन्हें फ़ायदा नहीं उठाने देते। जिनके बच्चे पढ़े-लिखे हैं, कोई गांव में नहीं रुकता। सब शहर की अंधी दौड़ में दौड़ जाते हैं। भले ही वहां गांव की मिट्टी को तरसते रहें। अपनी नीरू ने नई खेती पर रिसर्च की है। किसानों के लिए कक्षा लगाया करेगी। उन्हें सिखाएगी नए तरीक़े से खेती करना। फसल को मौसम की मार से कैसे बचाएं, ज़्यादा पैदावार कैसे हो, फसल का सही मूल्य कैसे मिले, क़र्ज़ा न लेना पड़े ऐसे उपाय सुझाएगी।'

ताई तंज में मुँह बिचकाकर रह गईं। ऐसी बातें उन्होंने न कभी सुनी न देखी। ये कौन-सी दुनिया की बातें हो रही हैं। ये बहुरिया गांव में ख़ूब मज़ाक बनबाके छोड़ेगी। तभई कमलसिंह की लुगाई कैसी हँस रही, 'ताई, त्यारी बऊ तौ गजब है।'

'करौ जो मन में आयै... ना मुँह की खाई तौ जानूं।' ताई चिढ़ती ख़ूब है मगर नीरू की हँसी और मुस्कान से न जाने क्यूँ दिल में उजाला-सा हो जाता है। बड़ी बहू तो पहले ही इतना डरी-सहमी रहती है कि ताई को उसे कंट्रोल करने में कुछ ख़ास मज़ा नहीं आता। मगर नीरू के इन ऊल-जुलूल कामों से वह आश्चर्य से भर उठती हैं और उसके विरुद्ध एक मोर्चा खोले बैठी रहती हैं। मगर नीरू के पास कौन-सा जादुई हथियार है, जो ताई की चिढ़ को मोथरा किए दे रहा है।

आज सुबह से ही ताई को कुछ अच्छा नहीं लग रहा। निर्मल और नीरू आज सुबह ही सुबह जीप से शहर गए हैं। सुना वहाँ से दिल्ली जाएंगे। वहां नीरू बहू को कोई ईनाम-सिनाम मिलने वाला है सरकार की तरफ़ से। ऐसा क्या कर दिया इस बित्ते भर की छोकरी ने, वह मुँह फाड़े सुन रही हैं। हाँ, यह तो वह देख रही हैं, बहू को गांव-देहात के लोग ज़्यादा ही भाव देने लगे हैं। जिसको देखो, वही उसके गुण गाए जा रहा है। अपने ही नहीं, आसपास के गांव वाले भी ख़ूब आने लगे हैं उससे मिलने। बहुत गुस्सा आता है उन्हें, जब वह नीरू को गांव के लोगों से उघाड़े सिर बात करते देखती हैं।

न जाने का हुआ है सारी बिरादरी को। उसकी निर्लज्जता पर किसी की नज़र ही नहीं जाती। सब उसकी मीठी मोहनी हंसी में उलझे हों जैसे। 'हमें का...' सोच-सोचकर ताई की हर बार एक गहरी सांस निकल जाती है। हालांकि नीरू ख़ूब उनको प्यार-व्यार करके गई है। बोरिया भर उपदेश दे गई है, 'ताईजी समय पर खाना खा लीजिए। अपनी दवाई महाराजिन काकी से ले लेना। ज़्यादा मीठा नहीं खाइएगा, शुगर बढ़ जाएगी।' बड़ी बहू खाना-वग़ैरह समय से दे गई है मगर ताई को भा नहीं रहा। अपना ध्यान हटाने की पूरी कोशिश कर रही हैं। ऊपर से स्वीकार भी नहीं है उनको कि उस दीपशिखा-सी जलती जोत-सी उजाला करती घूमती बहू की याद आ रही है उन्हें।

क्या सच उसकी मनमोहनी हँसी का जादू चल गया है उन पर। उसकी बातें क्यूँ याद आ रही हैं उन्हें। रघुवीर सिंह के ग़रीब चचेरे भाई की पत्नी जवानी में ही विधवा हुई ताई देवर के ही आसरे रहीं शुरू से। विमल और निर्मल की माँ भी बच्चों की कम उम्र में चल बसी। रघुवर सिंह को ज़रूरत थी एक घर की देखभाल करने वाली औरत की और ताई को ज़रूरत थी एक आसरे की। धीरे-धीरे ताई अपना दुख बच्चों की परवरिश में भूल-सा गई मगर एक टीस... अपना घर, अपने बच्चे की... मन में रही हमेशा। निर्मल-विमल को उन्होंने भरपूर प्यार दिया और देवर की गृहस्थी ख़ूब ठसके से चलाई। देवर ने भी ख़ूब मान-इज़्ज़त दी। उनका ठसका भी सहा। ताई के दुख देखे थे उन्होंने। इसी से जैसे ताई चाहतीं, उन्हें करने देते। ताई का ठसका ही चला था। वह सबको अपने डंडे के नीचे रखती आई थीं। सब रौब खाते थे उनसे। इस नीरू की तरह प्यार से कोई बात नहीं कर पाता था उनसे। नीरू का प्यार जैसे उनके सूखे-बंजर हुए अन्त:स्थल को भिगो-भिगो जाता।

आज पांच-छह दिन हुए निर्मल और बहू को गए। ताई अंदर से विह्वल-बेचैन हैं। बार-बार अंदर-बाहर कर रही हैं। उन्हें गुस्सा भी आ रहा है अपनी कमज़ोरी पर। किसी काम में मन नहीं।

मंदिर के लिए निकल रही हैं, तो याद आ रहा है नीरू बहू का। उनकी पूजा की डलिया तैयार कर उनके हाथ में देना। एक उंसास ले आंगन से निकल हाते की तरफ़ निगाह उठ गई। चौंक गईं। रधिया हाते की दीवार से चिपकी दीवार के ऊपर ठोड़ी रखे शहर से आने वाली सड़क पर नज़रें लगाए खड़ी थी। यह इतनी सुबह रधिया यहाँ क्या कर रही है? आज इतनी जल्दी कैसे आ गई? महीनों हो गए उस प्लेट वाली घटना को। उसके बाद उन्हें यह लड़की नज़र ही नहीं आई थी। नहा-धो चुकी थीं, पर न जाने किस वशीकरण के मंत्र से बिंधी रधिया के पीछे जा खड़ी हुईं। हाथ ख़ुद-ब-ख़ुद रधिया के सिर पर पहुंच गया।

बुरी तरह चौंककर राधा ने मुड़कर देखा। ताईजी को देख रंगे हाथों पकड़े चोर-सी सकपका उठी। ताई का हाथ उसे थानेदार का डंडा ही लगा। दिमाग़ थोड़ा व्यवस्थित हुआ, तो यह क्या सुन रही है वह, 'अरी इतने भिनसारे का कर रही है यहां? नीरू बहू का रास्ता तक रही है का? सच्ची में कै दिन है गए बोलो, अब तक ना आई तेरी भौजाई।' रधिया ने ताईजी की आँख में दो बूँद चमकते देखी, तो वह भी हिलक उठी और उसके न चाहते हुए भी आँसू बूँद बन भरे बादलों-सी आँखों से टप-टप टपक पड़े।

'चल उतरिया नीचे। आ जाएगी तेरी मास्ट्री। ख़ूब सबपे जादू-मंतर किए है तेरी भौजाई। कन्हैया बनने चली है।' आँख पे आँचल धर आँखें पोंछ ताई ने खींच लिया राधा को अपने आँचल तले और जैसे एकाकार हो गया उन दोनों का दुख-सुख, राग-विराग, क्रोध-गुस्सा, ऊँचा-नीचा। अपने इन असीम क्षणों में उन दोनों का ही ध्यान भी नहीं गया कि उनकी मास्टरनी गाड़ी से उतर हाते की तरफ़ भरी आँखों से देखे जा रही हैं भौंचक्की हुई।

मेकिंग चार्ज

'टमाटर किस भाव?' बड़े-बड़े लाल-लाल टमाटर एक तरफ़ करते हुए बुज़ुर्गवार ने प्रश्न किया।

'सात रुपए किलो बाबू जी!' सब्ज़ीवाली तराज़ू सँभालते हुए बोली।

'सात रुपए किलो?' सज्जन ने चौंककर प्रति प्रश्न किया।

'जी बाबू जी।' सब्ज़ीवाली थोड़ा सहमी-सी बोली।

'अरे भाई, हद करते हो तुम लोग। मंडी में दस रुपए में ढाई किलो मारे-मारे फिर रहे हैं।' ऐसा कहते हुए भी सज्जन के हाथ टमाटर छाँटने में लगे थे।

'अरे बाबूजी, मंडी का भाव रहि ऊ... फेर टिमाटरऊ तौ... देख लेऔ केता बढ़िया रहि।'

'अरे, तुम लोग भी ना... बताइए बहनजी! आप ही बताइए, अभी तो ज़रा सब्ज़ी सस्ती हुई है इस सरकार के राज में और ये लोग फिर भी लूट मचाते हैं।'

मैं सब्ज़ी तुलवा चुकी थी। पैसे देते हुए मैंने उनकी तरफ़ नज़र डाली। अच्छे संभ्रांत पढ़े-लिखे लगे मुझे। कपड़ों से भी ठीक-ठाक पैसे वाले ही लगे। मैं हल्की-सी मुस्कुराकर आगे बढ़ गई।

'ऐसे ही लोगों की वजह से इन छोटे लोगों का दिमाग़ ख़राब हुआ है। चार पैसे आ जाते हैं, तो दिमाग़ ठिकाने नहीं रहता। बिना मोल-भाव के ख़रीदारी करेंगे और समझेंगे बड़े 'कूल' हैं हम।'

मेरे कानों में पीछे से बुज़ुर्ग की धीमी और तीखी आवाज़ पड़ी। मेरे क़दम रुक गए। जो बात टाल गई थी, लगा कि उसमें उलझना ही पड़ेगा।

मुझे वापस आया देख थोड़ा सकुचाकर नज़रें चुरा गए और सब्जियाँ टटोलने लगे। सब्जीवाली भी थोड़ी घबरा गई। पता नहीं उसे किस बात का डर था। दो रुपए ज़्यादा ले रही थी इस बात का या मुझ जैसे ग्राहक पर अपनी पोलपट्टी खुलते देख घबरा रही थी। ज़्यादातर सब्जी उसी से लेती हूँ। उसका कोई ठेला नहीं है। बस एक निश्चित जगह सड़क के किनारे प्लास्टिक बिछा, बड़ी सजा-सँवारकर सब्जियाँ रखती है। सब्जी एकदम ताज़ा और बढ़िया होती है। हाँ, क़ीमत थोड़ी ज़्यादा होती है।

उसकी सब्जियों के पास पहुँचते ही रंग-बिरंगे फूलों के बगीचे में पहुँचने का एहसास होता है। लगता है जैसे एक साथ बगीचे के सारे फूल खिलखिला उठे हों या हरी-भरी वादियों में पहुँच गए हों और कोई रंगों से भरी दुशाला ओढ़ बाँहें फैलाए आपको बुला रहा हो।

लाल-लाल ताज़ा टमाटर अपनी चमकती चिकनी त्वचा से किसी बच्चे के गालों की स्निग्धता को मात करते दिखते। झक सफ़ेद ताज़ा मूलियाँ अपने सिर पर हरी पत्तियों का ताज सजाए इठलाती नज़र आतीं। पालक, मेथी, बथुआ, धनिया आदि पत्तेदार सब्जियों को वह इतने करीने से रखती कि लगता किसी बँगले का करीने से कटा-छँटा मखमली लॉन। मटर इतनी ताज़ा और हरी होती कि उठाकर खाने का मन करने लगे। बैंगन, लौकी, टिंडे इत्यादि अपनी त्वचा से किसी नवयौवना को चुनौती देते लगते। लब्बोलुबाब यह कि वहाँ पहुँचकर आप सब्जी ख़रीदने का लोभ संवरण नहीं कर पाएँगे। ख़रीदने दो सब्जी गए हैं, लेकर चार आएँगे।

मेरे टहलने के रास्ते में ही सब्जी वाली से पहले एक और सब्जीवाला भी ठेला लगाता है। मगर उसकी सब्जियाँ बड़ी बीमार-बीमार-सी होती हैं। असमय बुढ़ाए बैंगन, ढेरों झुर्रियों के साथ, इस आस में कि तेल बनाए आलू-बैंगन और नाम बहू का होय। दबे-कुचले से टमाटर कुपोषण के शिकार बच्चों की तरह, उनके बीच से झाँकता कोई-कोई लाल टमाटर जैसे देहाती, ग़रीब, कमज़ोर बच्चों के बीच कोई स्वस्थ-शहरी बच्चा ग़लती से पहुँच गया हो। सूखी, अपना हरापन खो चुकी काली-काली काई जैसी क्रीम लगाए भिंडी, मुरझाई मेथी-पालक, आधी हरी, आधी पीली पत्तियों वाला धनिया प्रौढ़ हो चुका होता। बाक़ी सब्जियों का भी कुछ ऐसा ही हाल होता उसके ठेले पर। एक अजीब-सी मुर्दनी छाई होती। जवानी खो चुकी सब्जियाँ तेल-मसालों के साथ पतीलों में जाने को तैयार बैठी थीं, पर ग्राहक उनकी बुढ़ाती देह देख बिदक आगे बढ़ जाते।

ठेले वाला पानी छिड़क-छिड़ककर उनकी जवानी कायम रखने की कोशिश करता रहता। उससे सब्जी मैं कभी-कभार ही लेती थी, जब मुझे थोड़ी जल्दी होती और सब्जीवाली थोड़ी दूर लगती या कभी-कभी थोड़ी इंसानियत। बाक़ी लोग भी कम ही लेते थे उससे सब्जी। इसी से बेचारे की सब्जी और बुढ़ाती जाती। लेकिन इधर कुछ दिनों से उसके यहाँ से भी नियमित एक-दो सब्जी ले ही लेती हूँ। बंदा बड़ा व्यावहारिक निकला। मेरी कमज़ोर नस पकड़ चुका था। मोल-भाव करती नहीं हूँ। पता नहीं कैसे एक दिन क़ीमत पूछ ली। बस वह शुरू हो गया। बड़े मीठे लहज़े में, 'अरे मैडम, आप रोज़ के ग्राहक हो। आपसे ज़्यादा लेंगे!'

'नहीं-नहीं। फिर भी, ऐसे ही पूछा।'

'अरे, हम जानते नहीं हैं क्या आपको? आप तो मोल-भाव भी नहीं करती। रोज़ सब्जी भी लेती हैं और कोई चिकचिक नहीं। वरना मैडम लोग सब्जी ज़रा-सी लेंगे और कानून दुनिया का बताएँगे।'

अब उसके ठेले के सामने मेरे क़दम थम ही जाते हैं। उसने एमबीएकी डिग्री तो नहीं ली, पर उसकी व्यापारिक बुद्धि की कायल हो गई हूँ। क्या इंसान को अपनी प्रसंशा इतनी अच्छी लगती है। ख़ैर...

सब्जी वाली के पास आकर उन सज्जन से मुख़ातिब हुई, 'भाईसाहब मॉल जाते हैं क्या?'

'क्यों?'

'वहाँ भी मोलभाव करते है?'

'मैं मॉल-वॉल नहीं जाता।' वह उखड़ गए।

'बड़ी दुकानों, राशन दुकानों या बाक़ी चीज़ों पर पैसे कम कराते हैं?'

उनका चेहरा थोड़ा लाल हो उठा था, 'देखिए मैडम! जो वाजिब क़ीमत होती है, उसे देने में हर्ज नहीं है, पर ये लोग औने-पौने दाम लगाते हैं। सब्जी जैसी चीज़ इतनी महँगी...'

उनकी सोच पर पहले तो हँसी आने को हुई, पर फिर गम्भीर चेहरे से उनसे पूछा, 'आप कहाँ कार्य करते हैं सर?'

'ज्वैलर हूँ। सब्जी वग़ैरह मैं नहीं लाता। नौकर ही लाता है। वह तो इधर से गुज़र रहा था, टमाटर अच्छे लगे, तो लेने लगा। कल ही नौकर बता रहा था टमाटर दस रुपए में ढाई किलो।'

ज्वैलर सुन चौंक गई।

'सर, आपकी दुकान पर जब लोग गहने ख़रीदने आते होंगे, आप वाजिब दाम ही बताते होंगे?'

'बिलकुल। हमारा रेट तो सरकार तय करती है।'

'और मेकिंग चार्ज सर? वह भी सरकार तय करती है?'

'नहीं। अब वह तो कारीगरी के ऊपर है। जैसा काम, वैसा मेकिंग चार्ज।'

'सही है सर। जैसा काम, वैसा मेकिंग चार्ज। इसका भी काम देखिए सर। इसका सलीका देखिए। इसकी सब्जियों को देखकर आप ख़रीदने के लिए लालायित हुए, तो सर, इसका यह मेकिंग चार्ज है। टमाटर पर दो रुपए ज्यादा इसका मेकिंग चार्ज मान लीजिए।'

उनका चेहरा उतर गया, तो मैं थोड़े सांत्वना के स्वर में बोली, 'फिर... फिर इससे इसका घर चलता है सर। आपके लिए दो रुपए कोई बड़ी बात नहीं लेकिन इन दो रुपए में इसके बच्चों की थाली में सूखी रोटी के साथ टमाटर की चटनी भी आ जाए शायद।'

उनके चेहरे की बढ़ती झेंप को देख मैं आगे बढ़ गई। पर मन नहीं माना और पलटकर देखा। मैं सुखद आश्चर्य से भर उठी। सब्जीवाली मुस्कुराते हुए उनके थैले में टमाटर डाल रही थी।

मुझे पंख दे दो

घड़ी की तरफ़ नज़र गई, तो चौंक उठी। अरे, साढ़े दस बज गए। आशा नहीं आई अभी तक। आसमान तो एकदम साफ़ है। बारिश के कोई आसार भी नज़र नहीं आ रहे। हालांकि मौसम बारिश का ही है, कभी भी बूँदाबादी शुरू हो जाती है मगर इस वक़्त तो चटख धूप खिली है। रोज़ तो छोटी सुई दस को छूती है और बड़ी सुई बारह के आसपास घूम रही होती है... कभी आगे, कभी पीछे और वह आ पहुँचती है। रविवार या छुट्टी के दिन के अलावा आशा ने कभी छुट्टी की है, उसे याद नहीं आता। काँटा दस पर पहुँचता नहीं कि डोरबेल बज जाती है। कांताबाई के हाथ भी एक पल को बर्तन साफ़ करते रुक जाते हैं और एक दबी, खिसियाई नज़र से मुझे देख बोल उठती है, 'वही होएंगी अऊर कौन... आसा रानी!' मैं भी मुस्कुरा पड़ती हूँ। शायद मेरी मुस्कुराहट से उसका, मेरा एहसान मानने का भाव कम हो जाए।

मगर आज कांताबाई भी अभी तक नहीं आई, तो विचार आने लगा, कहीं कल ग़लती तो नहीं कर दी। मुझे आशा को वहाँ ले जाने से पहले कांताबाई से पूछ तो लेना चाहिए था। हालांकि बात उसके और मेरे बीच पहले कई बार हो चुकी थी मगर मेरे सामने 'हां-हां' करने के अलावा कांताबाई ने कभी अमल नहीं किया और मैं... मैं अपने ही जंजालों में फंसी रह जाती थी।

कांताबाई के मुँह से अक्सर उसकी दोनों बड़ी बेटियों का गुणगान सुनती थी। पढ़ाई-लिखाई में अव्वल, घर के काम में अव्वल, सिलाई-बुनाई में अव्वल। मतलब हर क्षेत्र में अव्वल। उसके अनुसार उसकी बेटियों जैसी हुनरमंद लड़कियां ऊपर से सुंदर भी... कम ही होती हैं। मैंने नोटिस किया कि वह अपनी तीसरी यानी सबसे छोटी बेटी की कोई बात नहीं करती है। एक दिन पूछ ही लिया, 'और तुम्हारी तीसरी बेटी... वह क्या कर रही है? कौन-सी क्लास में है?'

'अरे भाभी, कुछ ना पूछिए उनका। दिमाग ही नहीं है उनके।'

'क्या मतलब? पढ़ने नहीं जाती क्या?'

'जाती हैं। छठी में पढ़त हैं, पर कछु ना पढ़ पावत।'

'बहनें तो पढ़ी-लिखी हैं, वे नहीं पढ़ातीं?'

'अरे का पढ़ावैं? कछु दिमाग में घुसत ही नहीं। सब भूल जात हैं। झल्ला जातीं हैं दोनों। नहीं पढ़ावत फिर।'

'अच्छा! लेके आओ कभी उसे।' मेरे अंदर का सुप्त शिक्षक जाग उठा।

'लै आएंगे।' थोड़ी लापरवाही और संदेह में ही कहा कांताबाई ने।

'लै आएंगे।' जिस अंदाज़ में कहा था कांताबाई ने, मुझे यक़ीन हो गया था, वह लाएगी नहीं। वह वास्तव में ही नहीं लाई उसे। बात आई-गई सी ही हो गई। बीच-बीच में मुझे ध्यान आता, तो टोक देती और वह यह कहकर टाल देती, 'अरे कहते तो हैं भाभी, पर मरी आती नहीं।'

मैं भी शांत हो गई। उधर व्यस्त भी हो गई थी छोटे बेटे को कॉलेज भेजने की तैयारी में। जब तक बेटा मेरे पास था तो मुझे एहसास नहीं था इस बात का और मैं बड़े हल्के में ले रही थी कि अब तो मेरे पास समय ही समय होगा। अपने पढ़ने-लिखने का ख़ूब शौक़ पूरा करूँगी। हम माँ-बेटे में नोकझोंक भी होती। वह मुझसे कहता रहता था, जब मैं कॉलेज चला जाऊँगा ना, तब आपको पता चलेगा। फिर रोओगी छिप-छिपकर, जैसे भैया गए थे, तो रोती थीं।

'अरे जाओ, मैं नहीं रोने वाली और तुमने कब देखा भैया गए थे, तो मैं रोती थी... झूठा!'

'जाओ मम्मी, मैंने सब देखा है।' कहकर वह खिलखिला पड़ता और मैं खिसियाकर रह जाती और यही दिखाती कि मुझे दुख नहीं होगा। इसी नोकझोंक में जाने का दिन भी आ गया। मैं उसके साथ नहीं जा पाई क्योंकि बड़ा बेटा आया हुआ था। वह भी दो साल के लिए अमेरिका जाने वाला था। छोटे बेटे के जाते ही मुझे ज़बरदस्त झटका लगा। मुझे लग रहा था कि मैं बहुत मज़बूत हूँ। जान-पहचान वाले जब टोकते कि अब दोनों ही बेटे जा रहे हैं, बड़ा मुश्किल होगा, तो मैं अपने

को बड़ा मज़बूत दिखाती। सदा से किसी के सामने कमज़ोर पड़ने में बड़ा ख़राब लगता है। मैं हँसकर टाल देती, 'अरे नहीं, अब तो मेरे पास वक़्त ही वक़्त है।' लेकिन मेरी सारी मज़बूती न जाने कहाँ हवा हो गई थी। छोटे बेटे के घर से जाने के बाद मैं अंदर ही अंदर ताश के पत्तों की ढेरी जैसी ढह गई। ऊपर से सामान्य दिखने की कोशिश कर रही थी और अंदर से सब चकनाचूर था। बड़ा बेटा कहीं अंदर तक यह बात शिद्दत से महसूस कर रहा था लेकिन हमारे घर में थोड़ा भावों को छुपाने की आदत है। उसने बस यही कहा, दोस्त बनते ही देखना वह मस्त हो जाएगा माँ।

बेटे को हॉस्टल में शुरू में परेशानी भी बहुत झेलनी पड़ी। वहाँ वह परेशान था, तो यहाँ मैं बिखरी पड़ी थी। लेकिन ना वह मुझे कुछ बता रहा था न मैं उसे अपना हाल बता पा रही थी। कभी-कभी अंतर्मुखी होना बहुत दुखदाई हो जाता है। आप खुलकर रो लो, तो बारिश के बाद खुले आसमान जैसे हो जाते हो लेकिन घटा हमेशा घुमड़ती रहे, बरसे नहीं, तो कितनी घुटन हो जाती है।

आख़िर एक दिन यह घटा उमड़-घुमड़कर बरस ही गई। अपनी एक दोस्त के सामने अचानक मैं फूट-फूटकर रो पड़ी। वह भी आश्चर्य से भर गई। मेरा चित्र भी लोगों में मज़बूत वृत्ति वाली औरत के रूप में ही है, इसी से वह चौंकी और मुझे इस हाल में देखकर उसकी आँखें भी भर आईं। उसने मेरे हाथ पकड़ मुझे गले से लगा लिया। मेरा कलेजा धीरे-धीरे ठंडा होने लगा। बाद में बहुत शर्म भी आई लेकिन हल्की हो गई मैं।

उधर बेटा भी थोड़ा सामान्य हुआ। उसने बहुत तेज़ी से वहाँ दोस्त बनाए और जो फ़ोन पर पहले केवल 'हाँ-हूँ' या 'पता नहीं' में बात करता था अब तेज़ और खुली आवाज़ में बोलने लगा। 'हाँ-हाँ, रखो फ़ोन। मैं दोस्तों के साथ हूँ या क्लास जा रहा हूँ या कैंटीन में हूँ।' उसकी खुली आवाज़ सुनकर मेरे दिल को चैन आने लगा था। दोस्ती का स्थान मेरे दिल में और भी ऊँचा हो गया था।

बड़ा बेटा भी पंद्रह दिन बाद अमेरिका चला गया। दोनों बेटों के जाने से मैं बहुत बिखरी-टूटी, पर फिर बनी। फिर खड़ी हुई। बड़ा बेटा लैपटॉप दे गया था अपना और छोटे का स्मार्टफ़ोन भी मिल गया मुझे। उसी के ज़रिए मैंने आभासी दुनिया में क़दम रखा, जिससे बच्चों के सम्पर्क में रह सकूँ। इस मामले में जानकारी

बड़ी अल्प थी। अपनी दोस्त के बेटे से रोज़ नई-नई चीज़ें सीखने लगी। वॉट्सऐप, फ़ेसबुक एकाउंट बनाना, ईमेल करना, मैसेंजर पर ऑनलाइन बेटों से बात करना। यहाँ तक कि अब तो मैं अपनी छोटी-मोटी कविताएँ भी फ़ेसबुक पर पोस्ट करने लगी थी।

बेटों के जाने के बाद एक-दो महीने मैं अपने में ही इतनी गुम थी कि कांताबाई से कोई बात नहीं होती थी। वह भी आती और काम करके चली जाती। कांताबाई में आत्मसम्मान का ज़बरदस्त भाव है। वह अपने से कोई बात नहीं बताती। जुलाई बीत चुकी थी। अगस्त भी निकला जा रहा था। अचानक एक दिन मेरा ध्यान उसकी तरफ़ गया और इसी के साथ उसकी बेटी की भी याद आई, 'अरे कांता, तुम्हारी छोटी बेटी का क्या हाल है?'

'वइसै ही हैं भाभी!'

'उसको लाई नहीं तुम?'

'अरे कहते हैं, आती ही नहीं।' फिर कुछ सोचकर बोली, 'अच्छा, देखो कल लाते हैं।'

सच ही अगले दिन वह उसे ले आई। वह मेरे कहने का ही इंतज़ार कर रही थी शायद। एक साँवली-सलोनी सी बारह साल की लड़की मेरे सामने खड़ी थी, जिसके चेहरे पर भोलापन था।

'अरे, इस समय इसे कैसे ले आई? स्कूल नहीं गई?'

'इसकूल छोड़ा दिया।' कहकर कांताबाई रसोई की तरफ़ मुड़ गई।

मैं आश्चर्य से भर गई, 'स्कूल छुड़ा दिया! अरे, स्कूल क्यों छुड़ा दिया?'

कांता बाई ने रसोई में घुसते-घुसते कहा, 'कोनो फ़ायदा नहीं भाभी! इनके दिमाग में कछु नहीं आवत। का करी हैं जाके इसकूल।'

'अच्छा, बैठो तुम! क्या नाम है तुम्हारा?' मैं कांताबाई की तरफ़ ध्यान न देकर उससे मुखातिब हुई।

वह अपनी उंगलियों से नीचे हाथ किए कुर्ते को किनारे से दबाए मसल रही थी। चेहरा झुका, पैर का अंगूठा कालीन में धंसा जा रहा था। उसके होंठ तो हिलते नज़र आए मगर उसके मुँह से क्या निकला, मुझे कुछ समझ न आया।

रसोई से ही कान्ता चिल्लाकर कह रही थी, 'आसा... आसा नाम रखे थे इनका। पर कोई आसा...'

आशा की आँखों में हल्की नमी तैर आई।

'अरे तुम बैठो। अच्छा किताब लाई हो?' आशा चुप खड़ी थी।

मैंने सोफ़े की तरफ़ इशारा किया, 'आओ ना। यहाँ बैठो आशा।' वह एक झिझक के साथ बैठ गई।

'हम्मम। अच्छा अपनी किताब तो दिखाओ।'

उसने बैग से निकालकर कक्षा छह की किताबें मेरे सामने रख दीं। उसमें से हिन्दी की पुस्तक निकालकर मैंने एक पेज खोला और आशा के सामने कर दिया।

'आशा, पढ़ो तो इसे।'

वह थोड़ा घबराई, फिर अटक-अटककर पढ़ने लगी लेकिन जो लिखा था, वह नहीं पढ़ रही थी। पता नहीं क्या, कुछ भी, उल्टा-पुल्टा मिलाकर बोले जा रही थी।

'अरे रुको-रुको! अच्छा यह शब्द क्या है बोलो तो?' मैंने लड़का शब्द पर उंगली रखी। वह घबराई, फिर बोली, 'रतज।'

मैं चौंकी। कहीं मेरा शक सही तो नहीं।

'अच्छा, यह तो पढ़ो।' मैंने 'रास्ता' शब्द पर उंगली रखी। वह हकलाई, फिर बोली, 'लटा।'

फिर तो मैं जिस शब्द पर उंगली रखती, वह कुछ का कुछ बोलती। अलग-अलग अक्षर पर उंगली रख-रखकर पूछा मगर सब उलट-सुलट। स को म बताती, म को प, व को क, तो ज को च। बाक़ी का भी यही हाल। यहाँ तक कि

उसे स्वरों का भी सही से ज्ञान न था। अ, इ, उ उसे मालूम थे मगर आ, ई, ऊ को भी वह आ, ई, ऊ बोलती और अ, इ, उ को भी आ, ई, ऊ। धीरे-धीरे समझ में आ रहा था कि जब अभी अक्षरज्ञान ही सही से नहीं था, मात्राएँ तो दूर की बात थीं। कुछ अक्षर उसके दिमाग़ में थे। उन्हीं को उल्टा-पुल्टा करके वह कुछ भी बोल दे रही थी। मैं असमंजस में थी कि कक्षा छह तक वह पहुँची कैसे! गिनतियाँ पूछीं, तो एक से दस के बाद सब गड्डमड्डु था, बल्कि छह-सात के बाद ही वह गड़बड़ाने लगी। इससे आगे मैं उससे क्या पूछती। सरकारी स्कूलों का भयानक सच मेरे सामने था। हमारी शिक्षा व्यवस्था कितनी खोखली है, यह इसका ज्वलंत उदाहरण था। किस तरह उसे हर कक्षा में पास करके अगली कक्षा में चढ़ाते जा रहे थे स्कूलवाले।

घर में दो बहनें थीं पढ़ी-लिखी लेकिन वे भी उसकी समस्या पर ध्यान नहीं दे पाईं। दरअसल, उसकी समस्या कोई समझ ही नहीं पाया था। बस, घर-स्कूल में उसका मज़ाक बनता। वह डांट-फटकार खाती थी। मेरे सामने 'तारे ज़मीन पर' फ़िल्म आ गई। आशा के रूप में ईशान मेरे सामने था। वह तो एक फ़िल्म थी। तीन घंटे में आमिर ने सारी समस्या हल कर दी थी लेकिन यह इतना आसान था क्या?

आशा की और किताबें निकालकर देखीं - अंग्रेज़ी, संस्कृत, गणित, सामाजिक विज्ञान। अंदर तक हिल गई मैं। कक्षा छह का कोर्स उसके लिए ऐसे घने जंगल की तरह था, जिसमें घुस तो गए हो लेकिन निकलने का रास्ता कभी न मिले। किसी कक्षा एक के बच्चे को अगर कक्षा छ: में ले जाकर बिठा दिया जाए और उसे ज़बरदस्ती सवाल हल करने, पढ़ने को बोला जाए! और वह तो कक्षा एक के बच्चे जितना भी नहीं जानती। कितनी उद्विग्न, परेशान, खिन्न होती होगी वह अपनी कक्षा में। जब अध्यापक पढ़ाते होंगे और वह उस सब से अछूती रह जाती होगी। उसके तो सब सिर के ऊपर से गुज़र जाता होगा।

जब वह रोज़ मेरे पास आने लगी, तो धीरे-धीरे मुझे एहसास होने लगा कि आशा का अक्षरज्ञान और आईक्यू कम या कहिए भले ही शून्य था परंतु उसकी व्यावहारिक बुद्धि और EQ (इमोशनल क्योशेंट) ज़बरदस्त था। वह अक्षर या गिनतियों को भले ही न पकड़ पाए लेकिन आपकी आँखों की भाषा को अच्छे से पकड़ती थी। महसूस हो गया था प्यार के अलावा उस पर कोई चीज़ काम

नहीं करेगी। डाँटने-मारने या अवमानना से वह इस गर्त में और धँसती चली जाएगी। संवेदनशील इतनी कि ज़रा-सा ज़ोर से बोलते ही उसकी आँखों में मोती झिलमिलाने लगते। उसके साथ धैर्य की परीक्षा होती थी एक तरह से। समझ आ रहा था उसकी माँ-बहनें क्यूँ अपना धीरज खो देती होंगी।

कुछ अक्षर और गिनती तो बहुत जोर लगाने पर भी उल्टा ही बोलती थी, जैसे 'र' को 'ल' और 'ल' को 'र', 'थ' वह कभी बोल ही नहीं पाई, हमेशा 'त' ही बोलती थी। गिनतियों में भी तीन को छह और छह को तीन में उसे हमेशा भ्रम बना रहता। सबसे अच्छी तरह उसे याद थी एक, दो, पाँच। बाक़ी सब गड़बड़ा जाता। तेरह के बाद तो गिनतियों का सारा हिसाब ही गड़बड़ा जाता।

समझ आ गया था कि इन किताबों के ढेर को उसके सामने से हटाना होगा और फिर से एक नई शुरुआत करनी होगी लेकिन मुश्किल यह थी कि उसमें भावनात्मक गुणक कुछ ज़्यादा ही था। वह आपके द्वारा दिए प्यार-भर्त्सना, मान-अपमान को अच्छे से महसूसती थी। उसे अपनी कमी का बुरी तरह एहसास इस रूप में था कि उसके दिमाग़ नहीं है, उसे पढ़ना नहीं आता है। लेकिन इसे वह भरसक छुपाने की कोशिश करती। शायद अब तक उसने इतना ज़्यादा मज़ाक और अपमान सहा था कि वह अपने को एक खोल में रखने की आदी हो गई थी। वह यह स्वीकार नहीं कर सकती थी कि उसे अब फिर अ, आ, इ, ई पढ़ाया जाए। वह अपने साथ कक्षा छह के विद्यार्थी जैसा ही व्यवहार चाहती थी।

किशोरावस्था का आगमन हो ही चुका था, सो वैसे भी इस आयु में बच्चे एक अलग दुनिया बना लेते हैं। काफ़ी दिन लगे उसे यह समझाने में कि अभी तुम केवल कॉपी-पेंसिल लेकर ही आओ, किताबें बाद में पढ़ेंगे। काफ़ी दिन तक वह अपना पूरा बैग ही लाद कर लाती रही। पढ़ने बैठते ही अंग्रेज़ी, हिंदी, विज्ञान, गणित की किताबें निकालकर बैठ जाती। उराका मान रखने के लिए थोड़ी देर मैं किताबों में उलझाती-उलझती, फिर हौले से ही नोटबुक निकलवानी पड़ती और ड्रॉइंग करके या किसी चित्र के ज़रिए उसे पहले स्वरों पर लाना पड़ता। एक-डेढ़ महीना स्वरों की पहचान कराने में ही लगा। उसकी प्रगति बहुत धीमी थी। उसे 'अ' 'आ', 'इ' 'ई', 'उ' 'ऊ', 'ए' 'ऐ', 'ओ' 'औ' में फ़र्क़ करना मुश्किल होता था। स्वरों पर हल्का-ज़्यादा ज़ोर दे-देकर कुछ हद तक सफलता मिल रही थी लेकिन आशा भूलती भी जल्दी थी।

एक दिन मैं बच्चों की प्रथम अक्षर ज्ञान की चित्रों वाली पुस्तिका उठा लाई और उसको इस बहाने से कि यह मेरे बेटे की किताब है, दिखाया। उसमें बने चित्रों से अब धीरे-धीरे वह अ, आ, इ, ई पकड़ने लगी। छह-सात साल हो गए होंगे उसे प्रथम कक्षा से निकले हुए, जब उसने अ, आ, इ, ई पढ़े होंगे। अधिकतर स्लो लर्नर बच्चे प्रारंभिक बेसिक शिक्षा में बहुत कमज़ोर रह जाते हैं। अगर उनके माँ-बाप भी अशिक्षित या कम जानकार हुए, तो मुश्किल और बढ़ जाती है। सरकारी स्कूलों में पाँचवी कक्षा तक तो वैसे भी पास करने का प्रावधान होता है। ऐसे बच्चे, कक्षा में जो रटवाया जाता है, उसे ग़लत-सलत रट तो लेते हैं और नक़ल बना-बनाकर लिख भी लेते हैं। यहाँ तक कि अधिकतर ऐसे बच्चों की राइटिंग बहुत सुंदर होती है।

आशा भी देख-देखकर लिखती बहुत सुंदर थी लेकिन 'ख़ुद लिखें ख़ुदा बाँचे' यह कहावत इस रूप में चरितार्थ होती थी कि वह सुंदर होने के बावजूद भी अपना लिखा ख़ुद ही नहीं पढ़ पाती थी। अगर पढ़ती भी तो ग़लत-सलत ही पढ़ती थी। वह अक्षरों की नकल ऐसे करती थी, जैसे ड्रॉइंग कर रही हो।

किताब देखकर वह पहले हँसी। अब आशा मुझसे थोड़ा खुलने लगी थी, 'यह तो बच्चों की किताब है।' वह अपने को काफ़ी बड़ा समझती थी।

'हाँ, तो क्या हुआ? देखो, कितने सुंदर बड़े-बड़े अक्षर लिखे हैं इसमें। अपने बचपन में हम लोग ऐसे ही किताब से पढ़ते थे।'

आशा को उस किताब के ज़रिए, कभी चित्रों के सहारे, उन्हीं अक्षरों को उसकी किताब में, कभी पत्रिकाओं में, तो कभी समाचार पत्रों के हैडिंग्स के अक्षरों से मिलान करवाती। वह आश्चर्यचकित-सी लगती मगर अपने आश्चर्य को छुपाकर रखती। कहीं उसकी अज्ञानता मैं जान न लूँ। धीरे-धीरे वह अक्षरों को पकड़ रही थी। उससे समाचार पत्रों, पत्रिकाओं से अक्षरों की कटिंग करवाकर कॉपी में चिपकवाती या कोई चित्र बनाने को देती और फिर उस चित्र के सामने वही अक्षर चिपकवाती। इस कार्य में उसको बड़ा मज़ा आता।

आशा आर्टिस्टिक तबीयत की थी। बहुत सुंदर चित्र बनाती थी। यह अंदाज़ा मुझे तब हुआ, जब वह तीज के त्योहार पर मेहंदी लगाकर आई। मेरे पूछने पर जब उसने बताया कि यह मेहंदी उसने ख़ुद लगाई है, तो मैं आश्चर्य से भर उठी। फिर

तो तुम चित्र भी बनाती होगी? इस सवाल का उसने जवाब नहीं दिया लेकिन अगले दिन वह एक ड्रॉइंग कॉपी लेकर आई, जिसमें उसने बहुत सुन्दर चित्र बनाए हुए थे।

कांताबाई से इस बारे में कहा, तो उसने मुँह बिचका दिया, 'सारा दिन यही तो करती हैं। आरट बनवा लो बस। पता नहीं का-का बनाती रहती हैं, या लिखवाए लेओ। कितबिया से देख-देख के नकल उतारा करती हैं दिन भर। बाकी कछउ जो आवत होए।'

फिर अचानक बोली, 'लेकिन भाभी एक बात तौ है, जबसे तियारे ढिंग आना सुरु भईं हैं ख़ुस रहती हैं और रोज़ झोला लटकाए आने को तइयार रहती हैं आसारानी। पहिरै तौ हर बात पै झींका-झाँकी, रोवन-राई, बहनन संग झौंटा-झौंटी। बस पढ़िबे कहौ अउर आसा रानी की नौटंकी सुरू।'

मुझे मौक़ा मिल गया, 'कांता, दरअसल आशा में बुद्धि कम नहीं है। वह पढ़ना चाहती है लेकिन उसे अक्षरों की, मतलब वर्णमाला... माने अ, आ, इ, ई की ही पहचान नहीं है। इसी से उसे पढ़ने में परेशानी होती है। अरे, जब लिखा हुआ उसे समझ ही नहीं आता, तो क्या पढ़े, क्या याद करे। उसकी बहनों से भी कहो कि उसका मज़ाक न उड़ाकर उसे प्यार से पढ़ाया करें। बिलकुल शुरुआती छोटी-छोटी चीज़ें सिखाएं।'

कांता मेरा चेहरा देख रही थी मुँह फाड़े, 'जे का कह रई हो भाभी! आ, ई ना समझत! ऐसै कइसे हो सकत है भला? दुनिया भर की और बातें तौ खूब समझत हैं।'

'उसकी बुद्धि कम नहीं है कांता! बस कुछ अक्षरों... मतलब आखर की बनावट ही उसके दिमाग़ में उल्टी या मिली-जुली बनती है, जिससे वह शब्दों को मिला और पकड़ नहीं पाती। उसे समय लगता है किसी भी अक्षर को पकड़ने में। और किसी में इतना धीरज नहीं होता। सो, सब उसका मज़ाक उड़ाने लगते हैं या डाँट-फटकार करने लगते है। आशा भी सबकी डाँट-फटकार और मज़ाक से बचने के लिए या तो पढ़ाई से बचती है या बहनों से लड़ती है।'

'सच ही कहत हौ भाभी! तबई हम कहें, जब यह लिखती एतना सुंदर हैं, तो पढ़ती काय ना। हाँ, जे तो आप सई कै रईं है। मज़ाख तौ दौनौं बहुते बनाती हैं।' कहीं बेटी की असमर्थता उसे भी समझ आ रही थी। इसी से वह आशा के प्रति मुलायम हो उठी।

'और देखो कांता, इसमें उसका दोष नहीं है। बस कभी-कभी किसी के साथ हो जाता है। ऐसा कि दिमाग़ में कुछ अक्षरों की बनावट सही नहीं बैठती और वह पहचान नहीं पाते। इसी से पढ़ने में दिक्क़त आती है। तुम लोगों की डांट और मज़ाक से बचने के लिए वह कुछ भी अपनी तरफ़ से मिलाकर पढ़ती है। असल में तो वह ख़ुद भी अनजान है अपनी इस कमी से। बड़ी भी हो रही है। बाक़ी बातें तो समझती है न...। तो...?'

उसको थोड़ा झुका देखा, तो डॉक्टर से सलाह लेने का सुझाव भी दे डाला। जिस पर वह विचलित हो गई, 'पागल थोड़ई हैं? का दिखाएंगे डाक्टर को?'

मगर समझाने से शायद उसको भी कुछ एहसास हो रहा था और एक आशा से भर वह हामी भर उठी। लेकिन जब भी बात हुई हमेशा आज-कल कर देती थी। फिर मुझ पर ही ज़िम्मेदारी डाल दी, 'तुमई दिखा लइओ भाभी! अब हमें तो कछु पता नहीं।'

कल मैं उसे चाइल्ड काउंसलर के पास ले गई। वहाँ आशा मेरे साथ अनजाने में चली तो गई मगर काउंसलर के चैम्बर में बैठते ही उसके चेहरे पर घबराहट, बेबसी, नागवारी, झेंप, संकोच सब आकर जम गए। काउंसलर के एक भी सवाल का उसने जवाब नहीं दिया।

उसका नीचे झुका चेहरा और झुकता चला गया और आँखों से मोती की लड़ियां टूट-टूट गिरने लगीं, जैसे किसी बंद नाली में एक छोटा सुराख कर दिया गया हो और उससे पानी की पतली धार बहती जा रही हो। उसके आँसू बहते जा रहे थे और वह उन्हें पोंछने तक की कोशिश नहीं कर रही थी। मैं भी घबरा उठी। सीने से लगा सांत्वना देने की कोशिश की, पर वह सीने से लगी बहती धारा बनी रही। वहाँ से उसे मॉल घुमाने ले गई। मॉल की जगमगाहट, चमक-दमक रोशनियों में वह थोड़ा सामान्य हो आई।

मगर आज उसके न आने से मैं चिंता से भर उठी। मैंने उसे काउंसलर के पास ले जाने में जल्दी करके ग़लती कर दी शायद। उसके किशोरमन पर कल काउंसलर की बातों का, वहाँ के माहौल का या अपने को बीमार समझे जाने का शिकवा था, तभी आज आशा पढ़ने नहीं आई। वर्ना एक साल होने को आया, वह रविवार और छुट्टी वाले दिन को छोड़ हमेशा समय से आती है। उसकी लगन और मेहनत से मुझमें भी उत्साह का संचार हो जाता है और नए-नए तरीक़ों को, जिससे उसकी ग्रोथ कैसे हो सकती है, खोजती रहती हूँ।

डर लगा कि उसकी और मेरी मेहनत पर पानी फिर जाएगा अगर वह पढ़ने आना बंद कर देगी। इधर उसमें बहुत सुधार हुआ था। अक्षर सीख रही थी। थोड़ी-थोड़ी मात्राओं की पहचान होने लगी थी। बड़े उत्साह से वह अख़बार के हैडिंग्स अक्षर मिला-मिलाकर पढ़ने लगी थी। गिनतियों को याद ही नहीं, पहचानने भी लगी थी। उंगलियों पर गिनकर छोटा-छोटा जोड़ना-घटाना छोड़ अब वह लाइन खींच-खींचकर जोड़-घटाव करने लगी थी। ऐसे समय उसका रुकना सही नहीं था। अगर इस वक़्त उसने पढ़ना छोड़ दिया, तो सब अधूरा रह जाएगा। मैं उसको अपने स्थानान्तरण से पहले इतना कर देना चाह रही थी कि वह एक बार फिर से स्कूल जाने लगे।

मन परेशान हो उठा। नज़र घड़ी की तरफ़ एक बार फिर उठ गई। ग्यारह से ऊपर बड़ा काँटा रेंग चुका था। छोटा काँटा ग्यारह पर हल्का-सा ठिठका था, मानो आशा के इंतज़ार में ठिठका हो। वरना क़दम उसके भी बढ़ ही चुके थे देहरी लांघकर।

मुझे भी इतनी आसक्ति नहीं पालनी चाहिए शायद। भावुकता छोड़ थोड़ा व्यवहारिक होकर सोचने की ज़रूरत है। शायद कुछ काम आ पड़ा हो, तबीयत ख़राब हो, कहीं जाना पड़ गया हो। सोच को डोरबेल की तीखी आवाज़ ने तोड़ा। डोरबेल की आवाज़ से दिल उछलकर मुँह में आ गया, जैसे बम गिरा हो सीने पर। उछलकर दरवाज़ा खोला। दरवाज़े पर खड़ी आशा को देखकर जितनी ख़ुशी हुई शायद बच्चों के आने पर भी नहीं होती। मैं गम्भीर रहना चाहकर भी मुस्कुरा पड़ी, 'अरे, आज इतनी देर?'

'अम्मा को बुखार है। कह रहीं भाभी के यहाँ तुम आज काम कर देना।'

'अरे, इसीलिए तुम बैग भी नहीं लाईं। ख़ैर छोड़ो, काम होता रहेगा। आओ, आज हम लोग मूवी देखते हैं।' कह मैंने 'तारे ज़मीं पर' डीवीडी प्लेयर पर लगा दी। आज आशा नॉर्मल थी। कल वाली बेबसी और दुख नहीं था चेहरे पर। बच्ची ही तो है, भूल-भाल गई।

उसके चेहरे पर ख़ुशी नाच उठी। वह बड़े ग़ौर से फ़िल्म देख रही थी। फ़िल्म की शुरुआत में ईशान की शरारतें, शैतानियाँ देख उसके चेहरे पर मुस्कराहट आ जा रही थी। बड़े मज़े से बाउल से चिप्स ले खाती जा रही थी। धीरे-धीरे ईशान की परेशानियां, मुसीबतें बढ़ रही थीं। उसे कोई समझ नहीं पा रहा था। ज़बरदस्ती हॉस्टल भेजने पर वह उदासी में घिरता जा रहा था। ईशान की परेशानी से आशा भी परेशान हो उठी जैसे।

'क्या इतना बुरा हूँ माँ' गाने पर वह चित्रलिखित-सी हो गई मानो। चिप्स बाउल उसके हाथ में पड़ा था मगर अब वह खा नहीं रही थी। राम शंकर निकुम्भ टीचर बने आमिर के फ़िल्म में प्रवेश के बाद मैं देख रही थी उसका चेहरा थोड़ा शांत हो आया था। चित्र प्रतियोगिता के दृश्य में ईशान के चित्र और उसकी जीत देख आशा के चेहरे पर चमक आ गई थी। फ़िल्म को कितना समझा-जाना, पता नहीं मगर आशा ने पूरी फ़िल्म तन्मयता से देखी। उसके चेहरे पर उतार-चढ़ाव, बेचैनी, भाव-विह्वलता, हँसी-उदासी आते-जाते रहे। ईशान की शैतानियों-शरारतों पर वह हँस रही थी, मुस्करा रही थी, तो हॉस्टल जाने पर ईशान का अकेलापन, उदासी, उपेक्षित होने के भाव जैसे साथ-साथ आशा के चेहरे पर भी उतर आ रहे थे।

'अच्छी थी ना फ़िल्म?' डरते-डरते पूछा। कहीं मन में डर था आशा को इस तरह की फ़िल्म दिखाने पर। उसके कोमल मन पर न जाने क्या असर होगा?

हल्की सी 'हम्म' निकली उसके मुख से। वह कहीं डूबी थी।

'देखा आशा! कितने लोग ऐसे होते हैं। ऐसी परेशानियाँ कितने लोगों को होती हैं। कितने नाम आमिर ने ही बताए... नहीं!'

वह कुछ नहीं बोली। बस, झाड़ू हाथ में उठा ली।

'तुम रहने दो आशा! अभी बबली भी आएगी। वह कर देगी।'

'फिर मैं जाऊँ?'

'हाँ, ठीक है। जाओ। कल बैग ले आना। अच्छा आशा! मम्मी से बात हुई थी। तुमने आर्ट और मेहंदी क्लास जाना शुरू किया कि नहीं?'

'हाँ, सोमवार से शाम को जाया करेंगे।'

'अरे वाह! बहुत बढ़िया। अब मेहंदी और आर्ट में तुम्हारा हाथ और साफ़ हो जाएगा।' मैं ख़ुश हो गई।

'अभिषेक बच्चन भी नहीं लिख-पढ़ पाता था?' वह दरवाज़े की तरफ़ जाते-जाते अचानक मुड़कर बोली।

'हाँ सच में। देख लो कितने लोग बचपन में नहीं लिख पाते हैं लेकिन मेहनत करने और ध्यान देने पर सब आ जाता है। तुम भी तो कितना पढ़ने लगीं। अभी अच्छा लगता है न आशा!' मैंने एक उम्मीद से उसे देखा।

'जब चारों तरफ़ देखो, तो कितना कुछ लिखा होता है। बाज़ारों में, रास्तों में, अस्पतालों में, स्टेशनों पर, हर जगह ही तो। पढ़ना नहीं आता है, तो हमें पता ही नहीं चलता कि दुकानों के साइनबोर्ड पर क्या लिखा है? जगह-जगह क्या लिखा है? पढ़ना आता है, तो सब कुछ कितना अच्छा लगता है। ये दुनिया कितनी पहचानी, कितनी अपनी लगती है। कितनी किताबें हैं दुनिया में, कितना कुछ लिखा हुआ है। सबसे हम अनजान ही रह जाते हैं।' मुस्कुराते हुए मैं कह उठी, 'अब तो तुम भी ख़ूब कहानियाँ पढ़ना शुरू करने वाली हो।'

आशा का चेहरा चमक उठा, ' हम भी रास्ते में दुकानों पर पढ़ते जाते हैं अब। पापा को अख़बार भी सुनाते हैं थोड़ा-थोड़ा।'

'अरे वाह! देखा, अब तुम इतनी मेहनत कर रही हो, तो असर आना ही है। एक दिन पूरा अख़बार भी पढ़कर सुनाओगी पापा को।'

आशा का चेहरा खिल गया, 'पापा कहते हैं, तुम्हारी मैडम तो जादू कर दीस।' एक पल ठिठकी। फिर थोड़ा रुककर झटके से बोल गई, 'आप आमिर ख़ान जैसी हो।'

उसने कह तो दिया लेकिन ख़ुद ही शरमा गई और जल्दी से दरवाज़े से बाहर निकल गई। अब मैं दरवाज़े पर स्तंभित खड़ी थी। मैंने उसे टार्गेट दिया, तो वह भी मुझे टार्गेट दे गई जैसे... चलो, बनो आमिर ख़ान जैसी।

क़दम तो बढ़ाओ

अंदर क्या बजबजाता, सुलगता, उबलता है, जिसे वह शब्द नहीं दे पाती। चाहती है कुछ निकल जाए, तो अपच कम हो। दिमाग़ खुल जाए, कुछ साफ़-साफ़ नज़र आने लगे। इतने विचार, इतना शोर, सब कुछ गड्डुमड्डु, व्यवस्थित करना कितना मुश्किल। कुछ सूझता नहीं, क्या चाहती है शायद यही नहीं पता।

एक तो आदमी का आत्मविश्वास उसे बहुत मारता है। अगर आपके पास नहीं है, तो फिर आप कुछ नहीं कर पाओगे। सब कुछ होते हुए भी कमतरी का एहसास मार डालता है इंसान को, जीने नहीं देता, सुकून छिन जाता है जीवन का।

तो... तो सबसे पहले सिमी मैडम, आपको अपने अंदर सोए आत्मविश्वास को जगाना है। अपने वजूद को पहचानना है। इतना भी क्या दुनिया से डरना। क्या कहेगी दुनिया? हँसेगी?मज़ाक बनाएगी? यही कहेगी न कि ओहो, अब ये भी...। तो... तो क्या हुआ? उड़ाने दो न मज़ाक। कहने दो न लोगों को जो कहना है। किसी के कहने से क्या फ़र्क़ पड़ जाना है! जब तुम क़दम बढ़ा ही दोगी, तो लोग धीरे-धीरे मान भी जाएंगे। दुनिया का चलन है सिमी, लोग पहले हँसेंगे, मज़ाक बनाएंगे, फिर उपेक्षा करेंगे और... और आख़िर धीरे-धीरे तुम देखोगी सिमी, दुनिया तुम्हें मान रही है। तुम्हें तुम्हारी पहचान दे रही है। मगर शर्त यही है कि तुम्हें भी ख़ुद को मानना होगा। अपनी बात पूर्ण आत्मविश्वास से रखनी होगी। तुम ख़ुद पर भरोसा करोगी, तो दुनिया भी तुम पर एक न एक दिन भरोसा ज़रूर करेगी। यही दस्तूर है दुनिया का मैडम और... और न भी माने, तो क्या! लोगों के मानने पर ही हमारी ज़िंदगी क्यूँ टिकी होती है सिमी? लोगों के माने बिना नहीं चला जा सकता क्या अपनी राह पर?

देखा... कुछ हल्का हुआ न। इतना सोचकर ही हल्का-हल्का लग रहा है, तो कम न आँको अपने को। आगे क़दम बढ़ाओ सिमी। रास्ते तुम्हारे इंतज़ार में हैं। न रुको।

क्या सच में वह शुरुआत करे? लेकिन यह कहीं पढ़े-पढ़ाए की उल्टी तो नहीं? जो पढ़ने का एक ज़बरदस्त शौक रहा है, उसका असर है क्या? लेकिन बचपन से ही तो मन कुछ-कुछ बुनता था और पन्नों पर वह बुनावट उतारना चाहकर भी न उतार पाती थी। कुछ माँ-पापा का डर, कभी बहन-भाइयों से मज़ाक बनने का ख़तरा। कुछ छिटपुट लिखा भी, पर हमेशा बाद में वह सब बचकाना ही लगता रहा और हमेशा थोड़ा कुछ लिखकर विराम लग जाता और वे अधलिखे पन्ने लोहे के बक्से में उसके कपड़ों के नीचे बिछे अख़बार के नीचे पीले पड़ने के लिए दबा दिए जाते। किशोरावस्था में दो-चार कहानियाँ जैसा कुछ लिखा भी, पर अब तो उन्हें पढ़कर हँसी ही आती है। विवाह के बाद तो गृहस्थी के जाल में कुछ ऐसा फँसी कि उम्र कब उससे इतने आगे निकल गई, वह जान ही न पाई।

बस, पढ़ने का एक ऐसा रोग था, जो कभी ठीक न हो सका। घर-गृहस्थी के हज़ार बवालों के बीच भी वह कथा-कहानियाँ पढ़ने का समय मैनेज कर ही लेती। यहाँ तक कि रातों में स्वेटर बुनते हुए भी उसने उपन्यास ख़त्म किए हैं। अगर उल्टा-सीधा बुनना है, तो स्वेटर की तरफ़ देखने की उसे कभी ज़रूरत नहीं पड़ी। हाँ, अगर कुछ पैटर्न डालना है, तो सीधी सलाई पर देखना पड़ता था और उल्टी सलाई पर आँखें फिर किताब पर।

लेकिन लिखना इतना आसान है क्या? कितना तड़पती है वह अपने अंदर चलती आँधी को समेटने के लिए। जब किसी कविता-कहानी में वह अपने जज़्बात बिखरे पाती है, तो चिहुंक उठती है। हाँ, वह भी तो यही कहना चाहती है, ऐसा ही कह सकती है... कभी-कभी तो लगता है शायद और बेहतर...

हाथ रोटी बेलते हैं और मन कहीं अलग ही उलझा होता है। उसके साथ हमेशा यही होता है। खाना पकाते, सफ़ाई करते, कपड़े धोते, यहाँ तक कि बच्चों को स्कूल भेजने की तैयारी करते हुए भी अनवरत केवल उसके हाथ चलते हैं। और उसका मन... उसका मन तो न जाने किस रचना को रच रहा होता है। लगातार मन के पन्नों पर न जाने कितनी कहानियाँ-कविताएँ बुनती है, पर काग़ज़ों पर उतरने का इंतज़ार करती वे कविता-कहानियाँ कब उसकी याद्दाश्त से विदा हो जाती हैं, उसे अपनी भागदौड़ में पता ही नहीं चलता।

यह क्रिएटिविटी है या मन का बावरापन। मगर अक्सर मंदिर जाते, बाज़ार जाते, बस में, ट्रेन के सफ़र में, हर उस जगह, जहाँ जीवन साँस ले रहा है, गुनगुना रहा

है, ख़ुशी में खिलखिला रहा है या दुख में मुरझा रहा है, ज़िंदगी की जद्दोजहद में अनवरत जूझ रहा है, उस पर तारी हो जाती है। राह में मिलने वाले लोग, पशु-पक्षी, पेड़-पौधे, जीव-निर्जीव सब मिलकर उसे न जाने कितनी कहानियाँ सुना रहे होते हैं। और राह में वह उन्हें बुनती चलती है। मगर घर की चारदिवारी में घुसते ही ये सारी कहानियाँ उसके मस्तिष्क की स्लेट से चॉक से लिखी इबारत-सी उसकी असावधानी के कारण मिट जाती हैं।

शायद मेहनत नहीं होती उससे। रचना-संसार में घुसने पर जो वेदना झेलनी पड़ती है, वह किसी प्रसव वेदना से कम होती है क्या? अपने अंदर उतरना होता है। जीवन को केवल समझने से ही तो बात नहीं बनती, उसे प्रस्तुत करने के लिए भी मेहनत लगती है। कोरी कल्पना से काम नहीं चलेगा। कल्पनाओं में तो वह न जाने कहाँ-कहाँ पहुँच जाती है, क्या-क्या रच डालती है और यथार्थ के धरातल पर कभी मज़ाक बनने का डर, कभी समय का रोना, कभी मेहमानों की आमद और कभी... कभी क्या अक्सर उसका सबसे बड़ा दुश्मन... उसका आलस।

ठोस शुरुआत करनी है, तो जुट जाओ सिमी, अपने डर से निकलो। क़दम तो बढ़ाने ही पड़ेंगे। भले छोटे-छोटे क़दम। बच्चा बनना पड़ेगा तुम्हें शुरुआत करने के लिए। जिज्ञासु, उत्सुक, लगनशील, बेफ़िक्र, इस बात से बेख़बर कि लोग क्या कहेंगे। जब बच्चा पहला क़दम रखता है, तो कैसे क़दम डगमगाते हैं। डरते-डरते, लड़खड़ाते हुए एक-एक पग रखता है। मगर धीरे-धीरे क़दमों में मज़बूती आती जाती है न और बच्चा... बच्चा चलने लगता है, दौड़ने लगता है, भागने लगता है। पैरों की मज़बूती के लिए वह अपने डर से लड़ता है... गिरने के डर से।

•••

सिमी के हाथ हल्के-हल्के काँप रहे हैं। अपने हाथों में दबी फ़ाइल को कभी बग़ल में दबाती है, कभी गोद में रखती है। हथेलियों में हल्का-हल्का पसीना उतर आया है। हाथों को आपस में रगड़कर पसीना सुखाने की कोशिश करती है।

एक बार को तो मन हुआ कि उठकर चल दे यहाँ से। भाग जाए कहीं दूर। छिप जाए अपने बिस्तर के उस कोने में, जहाँ उसे सबसे ज़्यादा सुकून मिलता है। आज दो-तीन साल की अथक मेहनत के बाद तो उसने हिम्मत जुटाई है यहाँ तक आने की और अब जाकर थोड़ा-थोड़ा उसे भी अपना लिखा भाने लगा था। वरना हमेशा कमियाँ ही कमियाँ नज़र आती थीं उसे लिखने के बाद। क़दम पीछे

मुड़ने लगे थे। मन अपने ही सवालों-जवाबों में फंस गया था... छोड़ सिमी, कहाँ संपादक तेरी रचनाएं पढ़ेगा। मज़ाक ही बनाएगा कि जिसे देखो मुँह उठाए चला आता है कवि-लेखक बनने। बस और कुछ काम नहीं, तो कवि ही बन जाएं। उल्टी-सीधी तुकबन्दी को कविता समझने लगते हैं और अपने को कवि। और ये आजकल औरतों को क्या हुआ है भाई, जिसे देखो कवयित्री बनी जा रही हैं। फ़ेसबुक ने तो और बवाल कटवाया हुआ है। जिसे देखो अपना दिमाग़ी कचरा वहाँ उड़ेल रहा है और उस पर तुर्रा यह कि छपवाएंगे भी। समय नहीं कटता क्या मैडम, सीरियल वग़ैरह नहीं देखती क्या? अपने को हटके दिखाने का बहुत शौक है। ही...ही... ही... अरे मैडम, यह इतना आसान नहीं। गहरी खाई है, जिसमें गहरे उतरना पड़ता है। चारों तरफ़ हाथ-पैर मारने पड़ते हैं और ऊपर से न जाने कितने पत्थर पड़ते हैं। बातें यूँही नहीं सजती-सँवरती। प्रकृति ने जिसको यह गुण दिया है, वही कुछ कह पाता है। आप चौका-चूल्हा सँभालो अपना।

चलो मान लिया कि नहीं है मुझमें यह गुण, यह योग्यता। नहीं बना सकती सुंदर बातें। नहीं रच सकती जीवन को उतना अच्छा, उतना हूबहू लेकिन... लेकिन इस असंतुष्टि का क्या करूँ! हर वक्त जो यह बेचैनी बनी रहती है, क्या करूँ इस बेचैनी का? बच्चों के बाहर जाने के बाद तो यह बेचैनी और बढ़ गई है। समय ही समय। मोहल्ले-पड़ोस में बैठ रोज़ वही दाल-सब्जी, सास-ननद, इस-उस का अगला-पिछला न उसे खोलने का मन होता है, न सुनने का।

नहीं। यह निर्णय मेरा नहीं होगा कि मुझमें यह योग्यता है भी या नहीं। अब यह लोगों पर ही छोड़ना बेहतर है। लोगों की अस्वीकार्यता से घबराना क्या? क़दम तो बढ़ा। पता तो चले स्वीकार्यता-अस्वीकार्यता का। एक गहरी साँस लेती है सिमी। तो सिमी, तैरना है तो पानी में कूद ही जाओ। कूदोगी नहीं, तो पानी की गहराई हमेशा डराएगी, क़दम बढ़ाओगी नहीं, तो चलना किसे कहते हैं न जान पाओगी।

•••

'मैडम, आपको सर अंदर बुला रहे हैं।' आवाज़ से बुरी तरह चौंक जाती है सिमी। माथे के छलछलाते पसीने को पोंछती है और एक घुटी-घुटी साँस के साथ उठ खड़ी होती है अपने रचना-संसार की फ़ाइल लिए। क़दम एक बार फिर डगमगाते हैं। थोड़ा ज़ोर लगाकर अपनी डगमगाहट को नियंत्रित करती है। एक बार नज़र बाहर निकलने वाले गेट की तरफ़ फिर मुड़ती है। कुछ क़दम उधर चलकर सिमी झटके से संपादक-रूम की तरफ़ बढ़ जाती है।

ढीठ

लॉकडाउन चरम पर था। सड़कें सूनी, गलियां वीरान केवल मानव जाति से थीं, प्रभु की बाक़ी रचनाओं को पूरी आज़ादी थी। पक्षी अपनी खो चुकी बुलंद चहचहाहट से खुले नीले आसमान को, घर की छतों की मुंडेरों को, बालकनी-बरामदों को गुंजायमान किए थे। महानगरों में गाँव जैसे दृश्य उपस्थित हो रहे थे। सड़कों पर कहीं मोर निकलते देखे गए, तो कहीं हिरण। जैसे प्रकृति ने मौक़ा दिया था 'जंगल जाति' को 'मानव सफ़ारी' देखने का।

घरों में क़ैद, खिड़कियों से झाँकते लोग, बालकनी या छतों की मुंडेर से झांकते, आसमान ताकते लोग। पशु-पक्षी उन्हें देखकर शायद हैरान ही हो रहे होंगे। पहली बार सड़कों पर आदमी नहीं, पशु-पक्षियों का राज चल रहा था। अफ़सोस... मगर कैमरा अब भी आदमी के ही हाथ में था।

जब से कोरोना महामारी का तांडव शुरू हुआ और लॉकडाउन प्रक्रिया चली, सभी की समस्याएं, ज़िंदगी की जद्दोजहद बढ़ गई है। रति की हेल्पर का आना भी बंद हो गया था। घर में काम बहुत बढ़ गया था। बच्चे, पति, बीमार सास-ससुर।

बच्चे, जो कुछ करना नहीं चाहते। पति, जिन्हें कभी काम सिखाया नहीं गया। माता-पिता बुजुर्ग। सो, सारी ज़िम्मेदारी आ गई थी रति के कंधों पर। कब उसकी सुबह हो रही थी, कब शाम, वह जान ही नहीं पा रही थी। घर में लोगों का ख़ासकर रुपेश का समय लॉकडाउन में दिन-रात इंटरनेट पर बिज़ी रहने के बावजूद काटे नहीं कट रहा था। भूख भी तो आजकल ज़्यादा ही लग रही थी या फिर मन लगाने के लिए कुछ-कुछ स्पेशल खाने का मन करता ही रहता था।

और वहीं रति चाहती कि कभी फ़ुर्सत हो, तो शाम को वह थोड़ी देर बालकनी में ही जा खड़ी हो। डूबता सूरज ही देख ले। पक्षियों का कितना कलरव गूंज

रहा है, दो-चार फ़ोटो ही ले ले मगर यह उसकी चाह पूरी होती नज़र तो नहीं आ रही थी। पता नहीं कब तक? यह लॉकडाउन तो अनंत तक चलने वाला लग रहा था।

झाड़ू-पोछा, बर्तन, खाना, कपड़े... रात-दिन बस यही। बस इतना सुकून था कि मेहमान-रिश्तेदारों की आमद नहीं थी। न कोई आ रहा था, न जा रहा था। दरवाज़े की घंटी बस सुबह एक बार बजती, जब गार्ड दूध के पैकेट देकर जाता। वरना तो दो-चार दिन में ऑनलाइन सामान की ख़रीदारी की कोई डिलीवरी आती, तभी घंटी की मधुर आवाज़ घर में गूंजती।

दोपहर का समय था। सभी दोपहर के भोजन के बाद ड्रॉइंग रूम में दशहरी आमों का मज़ा ले रहे थे। रति रसोई समेट अपने भोजन की थाली उठाए एसी रूम की तरफ़ जा रही थी। बस, यह उसका खाना खाने का ही समय एक ऐसा समय होता था, जब वह एसी में बैठ, एक हाथ में मोबाइल पकड़ती और एक हाथ से कौर मुँह में डालती जाती।

पति रूपेश की भौंहें थोड़ा चढ़ जातीं या कभी-कभी बोल भी देते, 'सुकून से खाओ। मोबाइल में क्यों लगी हो?'

लेकिन रति ढीठ बनी रहती। मौक़ा कहाँ था फिर? यही समय होता है, जब वह कभी वॉट्सऐप, कभी फ़ेसबुक, कभी नेटफ्लिक्स, प्राइम वीडियो पर घूमघाम आती थी और एक-एक घंटा खाना ख़त्म करने में लगा देती थी।

अचानक कॉल बेल की तीख़ी आवाज़ से रति ठिठक गई और थाली वापस रसोई में रखते हुए थोड़ा झुंझला गई। दरवाज़ा खोलने का काम और आए हुए सामान का कीटाणुशोधन करना... सब उसी के ज़िम्मे था आजकल।

रति ने दरवाज़ा खोला, तो सामने एक छोटे क़द की लड़की मुँह पूरा दुपट्टे से लपेटे हुई खड़ी थी। रति ने नेट डोर के अंदर से ही पूछा, 'क्या बात है?'

'अरे भाभी! पहचान नहीं रही हैं?' कह लड़की ने दुपट्टा नाक के नीचे खिसका दिया।

'अरे निशा तुम!' रति चौंकी और तत्काल नज़र उसके पेट की तरफ़ गई।

रति की नज़र लक्ष्य कर निशा खिल्ल से हंस पड़ी, 'बिटिया हुई है। आज पच्चीस दिन की हो गई।'

रति भी मुस्कुरा पड़ी, 'अरे वाह, तुम्हें देख नहले तो मैं घबरा गई। मुझे लगा था अभी समय है डिलीवरी में। कैसी है बच्ची?'

'अच्छी है भाभी! मगर थोड़ी कमज़ोर है अभी।'

'इतनी जल्दी कैसे उठ गई और फिर लॉकडाउन भी चल रहा है।'

'क्या करें भाभी, यह तो बिलकुल ही बेकार बैठे हैं। आजकल कोई प्रेस के लिए कपड़े दे ही नहीं रहा।'

'हाँ, कहीं आना-जाना लगभग ख़त्म ही है। सब कपड़े यों ही अलमारियों में रखे हैं।'

'आप देंगी कपड़े?'

'कपड़े...?' रति सोच में पड़ गई।

कपड़े तो लॉकडाउन में शरीरों की शोभा बढ़ाना भूल ही गए हैं मानो। अब तो अलमारियों से झांक मुंह चिढ़ाते हैं केवल।

'कपड़े कहाँ है निशा? अभी साहब ऑफ़िस ही नहीं जा रहे हैं।' थोड़ा संकोच से ही रति बोली। एक तरफ़ मन में वह विचार करने लगी कि क्या कुछ हैं ऐसे कपड़े, जो प्रेस कराए जा सकें।

'तो कुछ रुपये दे दीजिए। हम वापस कर देंगे।' निशा ने एक झटके से कह अपना दुपट्टा फिर नाक के ऊपर तक चढ़ा लिया। अब उसकी केवल आँखे नज़र आ रही थीं, जिनमें संकोच, पीड़ा, बेबसी, झुंझलाहट जैसे अनगिनत भाव रंग बदलते नज़र आ रहे थे और उन भावों के बोझ से ही मानो निशा की आँखें नीचे झुक आईं। उंगलियों के नाखूनों से दरवाज़े के बाहर बारामदे की रेलिंग पर ठकठक करती इधर-उधर नज़रें घुमा आँखे बचाने लगी।

'तीन मई से शायद साहब ऑफ़िस जाने लगे, तब ज़रूरत पड़ेगी। क्या रवि घर पर आकर कर देगा प्रेस?' रति की आवाज़ से निशा चौंक कर पलटी।

'हाँ-हाँ। आ जाएंगे न। घर पर ही करा लीजिए। आप फ़ोन कर देना।' रुपये हाथ में लेते हुए एक चमक आँखों में तैर आई।

'ठीक है। मैं फोन करूंगी। बीच में ज़रूरत हो, तो और ले लेना पैसे।' रति ने पांच-पांच सौ के चार नोट निशा के हाथ पर रख दिए।

चेहरा तो पूरा ढका था निशा का, पर पता नहीं क्यों रति को लगा निशा मुस्कुरा रही है। शायद आँखों की चमक से ही धोखा खाई हो। वरना वह देख पाती उन आँखों में चमक खुशी की नहीं, लज्जा, आहत स्वाभिमान, निरुपायता की थी, जो चमकीला पानी बन आँखों में तैर रही थी।

पैसे हाथ में लेकर हड़बड़ाहट में ही चेहरा दुपट्टे से लपेट निशा तेज़ी से सीढ़ियों से उतर गई।

दरवाज़ा बंदकर रति पलटी, तो रूपेश की आवाज़ सुन चौंक पड़ी, 'कितने दे दिए?'

रति जबाब न दे हल्का मुस्कुराकर आगे बढ़ गई। मगर ड्रॉइंग रूम से गुज़रते हुए मम्मीजी की आँखें अपने चेहरे पर निबद्ध देख, 'अरे, वापस कर जाएगी।' कहते हुए रति खिसिया उठी।

पति का ठहाका और मम्मीजी की छुपी मुस्कान रति को चिढ़ा गई। अब चौतरफ़ा होने वाले हमले से बचने के लिए रति अपनी थाली उठा जल्दी से कमरे में घुस गई।

खाना खाते हुए रति ने अपने को एक वेब सीरीज़ में उलझा लिया। आँख के कोने से दिख रहा था बगल में बैठे रूपेश का तना चेहरा। रति जानती है आगे का हाल...

हमेशा एक कान में ही ईयरफ़ोन लगाती है। अभी दूसरे कान में भी लीड लगा ली थी रूपेश के पिन चुभोते शब्दों से बचने के लिए मगर रूपेश का बड़बड़ाना बदस्तूर जारी था। उसका ध्यान न देना रूपेश को और खिजा जाएगा, सोच रति ने एक तरफ़ की लीड कान से निकाल गहरी सांस ले रूपेश की तरफ़ मुंह मोड़ दिया, 'अभी लॉकडाउन में उसके पति को काम नहीं मिल रहा है।

एक माह की बच्ची है। अगर एक हज़ार रुपया दे दिया, तो कौन-सा पहाड़ टूट पड़ा। टीवी पर मज़दूरों का दर्द तो तुम लोगों को बहुत सालता है।'

जानती है प्रयुक्त 'तुम लोग' बाहर बैठी मम्मीजी को दन्न से लगा होगा। उसने जानबूझकर नहीं कहा था मगर तीर तो निकल चुका था।

'अब वह देगी पैसे? अजी, हवा खाओ।' रूपेश की तरफ़ से अब पिन नहीं, गोली चली।

'मूर्ख है बिलकुल।' पहली गोली बेअसर देख दूसरी गोली दागी रूपेश ने।

'हमेशा यही मूर्खता करती है।'

रति जानती है आज दिनभर यह बौछार चलेगी और जब गुस्सा हल्का भी पड़ जाएगा, तो माँ-बेटा को बहुत दिनों के लिए एक हंसी-मज़ाक के लिए एक मसाला तो मिल ही गया कि कैसे कुछ लोग दया-माया में कर्ण के नाती-पोते बने हैं।

'मूर्ख हूँ, तो मूर्ख ही रहूंगी ना।' कह रति ने दूसरे कान में फिर से लीड ठूंस ली।

लीड लगाते-लगाते भी रति ने सुन लिया था, 'ढीठ औरत।'

•••

www.ingramcontent.com/pod-product-compliance
Lightning Source LLC
Chambersburg PA
CBHW031150160726
47991CB00015B/2801